CB082534

Contos do Escritório

Contos do Escritório

ROBERTO MARIANI

Tradução e introdução
RENATA MORENO

MARTIN CLARET

Sumário

Introdução 7

Roberto Mariani - vida e obra 11

CONTOS DO ESCRITÓRIO

Balada do escritório 21

Rillo 25

Santana 37

Riverita 63

Um 75

Toulet 83

Lacarreguy 97

A ficção 117

Introdução

Contos do Escritório são oito pequenas obras-primas da narrativa, introduzidas por uma balada sarcástica. É assim que Mariani percorre e desnuda a fina trama mental dos homens de terno e gravata da Argentina no início do século XX, época em que ele próprio era empregado em um banco.

Através do uso do grotesco, o autor não se limita apenas a fotografar a realidade, mas trava um diálogo contínuo com o leitor. Por vezes, cúmplice, às vezes, vítima de provocações, mas sempre surpreendente.

O componente de migração na transformação da área cultural, social e urbana de Buenos Aires, as instâncias da pequena burguesia em relação ao proletariado e da realidade das grandes famílias industriais formam o drama existencial do "homem pouco".[1] Roberto Mariani faz-se portador deste patrimônio, e traça um caminho corajoso de análise da realidade, das relações de trabalho que o difere do herói revolucionário ou do portador dos valores nacionais, transformando-o em uma figura sombria, insinuante, retraída e ignorada, como um auxiliar de escritório.

Em *Contos do Escritório*, a maioria dos textos tomam como título o nome de seus protagonistas: "Rillo", "Santana", "Riverita", "Toulet" e "Lacarreguy", com três exceções para "Balada do Escritório", "Um" e "A ficção".

---

[1] O "homem pouco" é a tipologia do homem argentino do início do século XX de classe média, temeroso por perder prestígio, disposto à humilhação para conseguir uma promoção e que se faz presente na narrativa de Roberto Mariani. (N. T.)

"Balada do Escritório" impressiona pelo seu tom lírico e quase poético. O inusitado narrador é um espaço físico e, ao mesmo tempo, um personagem que cria uma complexa relação de sedução entre o meio físico e o homem. O escritório convida constantemente o funcionário ao trabalho com apelos, e desmerecendo os elementos do mundo externo que, em sua opinião, não tem função no cenário das relações de trabalho, ressaltando a inevitável situação de subordinação estrutural do trabalho ao capital, limitadas às exigências físicas. É impossível não sentir a musicalidade nesta "balada" que, como seu próprio nome diz, está inundada de ritmo e termina com a afirmação do "dever" no cumprimento das obrigações.

Em "Rillo" a temática do trabalho continua em ação, mas agora além da seriedade, do dever e da disciplina, a subordinação é o objeto central. Provocativo e inquietante, Mariani apela para a consciência do leitor ao identificar-se, ou não, segundo suas próprias vivências, com seus personagens.

Como um monólogo interior, "Santana", apoia-se nas variações de estado psicológico do seu protagonista — ansiedade, espera, total incredulidade — para reproduzir a realidade sócio econômica da pequena burguesia da época.

Mas é em "Riverita" que Mariani mostra todo seu talento de contista e com apenas "três detalhes essenciais", no início do texto, situa e prepara o leitor sobre o personagem homônimo, levando-o, imediatamente, ao centro do conto. Um mestre na arte de contar uma história, e contá-la bem!

Com tom irônico e enviesado ao humor, "Um", brinca com a fragilidade da situação da classe média da época que, nem burguesa, nem proletária, caminha sobre a "corda bamba" e que qualquer "deslize" pode modificar por completo sua situação.

Em "Toulet", Mariani nos apresenta outro de seus empregados exemplares e temerosos: Acuña, um homem doente, que transpira continuamente e morre nos braços de Toulet, personagem que dá nome ao conto, sob o olhar atônito de outro empregado.

O escritório, nos relatos de Mariani, é um espaço puramente masculino, porém, os personagens femininos que aparecem, ocupam um lugar propriamente designado: o de esposa. Em "Lacarreguy", um empregado honesto se endivida para satisfazer os desejos de sua amada esposa Consuelo, uma mulher frívola e consumidora voraz.

"A ficção" abandona a narrativa em prosa e se desvia dos demais relatos do livro. Como uma pequena obra teatral, é protagonizada por crianças que brincam de atuar como se fossem seus pais, uma paródia da poética realista com efeitos humorísticos. Agora, os personagens não estão no seu ambiente de trabalho, mas sim em suas casas.

O autor, em sua exemplar narrativa, mescla os personagens. Todos estão no mesmo ambiente, todos sofrem os mesmos males, todos estão presos e submissos às mesmas agruras e inquietações, porém, cada qual com sua "história" à parte...

Roberto Mariani vida e obra

Mariani foi escritor, dramaturgo, poeta e um dos mais brilhantes narradores do infortúnio e do desespero. Através da estética do grotesco, consegue relatar as conjunturas enfrentadas pela pequena burguesia, instalando na narrativa Argentina a tipologia do homem de classe média. Sem dúvida, sua obra mais conhecida é *Contos do Escritório*, publicada em 1925 enquanto ele mesmo padeceu da "coisificação" do trabalho no escritório. Depois de anos da sua morte, sua vida e sua obra ainda estão envoltas em uma injusta e sombria nuvem.

Nasceu na Argentina, no tradicional Barrio de La Boca em julho de 1893, de pai e mãe italianos e ali morreu em 3 de março de 1946, vítima de um infarto. Anarquista, solitário e misterioso, sabe-se apenas que abandonou seus estudos na Faculdade de Engenharia, que nunca se casou, que viveu superprotegido por suas irmãs e teve vários trabalhos: caminhoneiro, ferroviário, jornalista, bancário e tradutor.

Iniciou sua carreira como jornalista em Mendonza no diário Los Andes e também colaborou com o jornal La Semana. Foi nesta época que escreveu seu primeiro livro, *Las Acequias*.

Em 1920, voltou para Buenos Aires e começou a trabalhar no Banco de la Nación do qual, dois anos mais tarde, em 1922, foi despedido por tentar agremiar seus companheiros de trabalho com literatura anarquista!

Durante anos trabalhou como empregado em bancos, ministérios e prefeituras, de onde extraiu a experiência direta desse mundo clérigo de classe média, do qual foi uma testemunha literária. Em virtude de dificuldades financeiras ou por um gesto heroico, procurou um ofício que o relacionasse com outro ambiente e outra classe social: foi então caminhoneiro de longas distâncias. Mas essa módica porção de risco e aventura, com seu aparente nomadismo, não chegou a ser para ele matéria de criação, só lhe proporcionou longas horas em claro ao volante, ruminando novos contos.

Colaborou com o jornal Nueva Era, agente de apoio à Revolução Bolchevique, e fundou a "Asociación de amigos de Rusia" e enviava literatura das Américas Revolucionárias para Moscou.

Em 1925, publicou *Cuentos de la oficina* (Contos do Escritório), um resumo literário de suas próprias experiências. Estes contos na época deram ao autor uma rápida notoriedade e, segundo a crítica, é seu livro mais bem estruturado. Os contos criaram uma forma de narrativa argentina para a tipologia do homem de classe média, temeroso por perder prestígio e disposto a qualquer humilhação para conseguir ascensão.

Em 1926 publicou *El amor grotesco*, onde descreve o universo amoroso e as mais distintas expressões que adquire no caráter "portenho". Em 1927 publica um caloroso manifesto de defesa sobre o controverso caso dos imigrantes italianos anarquistas, Ferdinando Nicola Sacco e Bartolomeu Vanzetti, no qual foram julgados, condenados e executados por eletrocussão em 23 de agosto de 1927, em Massachusetts, por roubo à mão armada e assassinato de duas pessoas.

Em 1938 estreou dois dramas no Teatro del Pueblo, em Buenos Aires: *Un niño juega con la muerte* e *Regreso a Dios*.

O restante de sua obra são as novelas: *En la penumbra* (1932), *La frecuentación de la muerte* (1930), *La cruz nuestra de cada día* (1955, post morten), nas quais, junto a sua preocupação com os humildes e a inquietação com as injustiças sociais, está a introspecção psicológica metafísica. Também publicou estudos sobre Pirandello e Proust.

Somente anos depois de sua morte a memória de Mariani é reacendida pelo famoso escritor e jornalista argentino Osvaldo Soriano, o qual publicou em 1972 um artigo no diário La Opinión intitulado *Roberto Mariani: bajo la cruz de cada día*, no qual chamava a atenção para o fato de que Mariani foi um dos primeiros a falar, na Argentina, de Proust e Joyce. Soriano também comentou que Mariani foi um dos mais brilhantes narradores do infortúnio e do inevitável e, provavelmente por isso, estava destinado a desaparecer na história da literatura.

O próprio Mariani, em sua autobiografia, preconizou:

"Tive minhas quatro alegrias e minhas oito dores. Fui estrangeiro em todas as partes e bebi o sal de todos os ventos. Meus punhos ensanguentaram-se golpeando portas que não se abriam e minha voz rompeu-se com o último grito. E, então, como na velha fábula da raposa e as uvas, disse que nada valia nada porque ninguém havia conseguido apropriar-se. Estou, pois, como antes de sonhar: sem nada. Ou pior, porque nem tenho sonhos".

OBRA TRADUZIDA

MARIANI, Roberto. *Obra Completa 1920-1930*. Prólogo de Ana Ojeda e Rocco Carbone. Buenos Aires: El 8vo. loco, 2008.

REFERÊNCIAS

BENISZ, Carla D. *Roberto Mariani en la encrucijada de la vanguardia*. Disponível em: <www.grupoparaguay.org>. Acesso em: 26 de abril de 2016.

CELLA, Suzana. *Historia crítica de la literatura argentina*. Vol. 10 — La irrupción de la crítica. Buenos Aires: Emecé Editores, 1999.

CRISTALDO, Paula. *Practicas literárias de la vanguardia argentina*: Cuentos de la Oficina de Roberto Mariani. Disponível em: <http://presadeldesconcierto.blogspot.com.br/2009/11/practicas-literarias-de-la-vanguardia.html>. Acesso em: 26 de abril de 2016.

DICCIONARIO DEL ESPAÑOL DE ARGENTINA. Español de Argentina. Español de España. Coordinación: Cláudio Chuchuy. 1ª reimpresión. Madrid: Gredos, 2000.

DICCIONARIO DEL HABLA DE LOS ARGENTINOS. Academia Argentina de Letras. 2ª ed. Buenos Aires: Emecé, 2008.

DICCIONÁRIO PANHISPANICO DE DUDAS. Real Academia Española. Asociación de Academias de la Lengua Española. Colaboración: Instituto Cervantes. Madrid: Santillana, 2005.

DIZ, Tania. *Variaciones de la mujer devoradora en Cuentos de la Oficina de Roberto Mariani*. VIII Congreso Internacional de Teoria y Critica LiterariaOrbis Tertius, 7 al 9 de mayo de 2012, La Plata. Disponível em: <http://www.memoria.fahce.unlp.edu.ar/trab_eventos/ev.1849/ev.1849.pdf>. Acesso em: 2 de fevereiro de 2016.

GOBELLO, José; OLIVERI, Marcelo H. *Lunfardo*: curso básico y diccionario. 3ª ed. Buenos Aires: Libertador, 2010.

FUNDEU BBVA. Online. Disponível em: <https://www.fundeu.es/>.

JOZEF, Bella. *História da literatura hispano americana*. 3ª ed. Rio de Janeiro: F. Alves, 1989.

KIEFER, Charles. *A poética do conto: de Poe a Borges* — um passeio pelo gênero. São Paulo: Leya, 2011.

NAVARRO, Márcia Hope. *O romance na América Latina*. Porto Alegre: Editora da Universidade UFRGS/MEC/SESu/PROEDI, 1988.

OJEDA, Ana; CARBONE, Rocco. *Estudios preliminares*. Roberto Mariani: obra completa 1920-1930. Buenos Aires: El 8vo. loco, 2008.

PALACIOS, Ariel. *Os argentinos*. São Paulo: Contexto, 2013.

PINTO, Anália. *Los "trucs" del perfecto cuentista*. Disponível em: <http://asisalfauna.blogspot.com.br/2008/07/los-de--perfecto-cuentista.html>. Acesso em: 2 de fevereiro de 2016.

PRIETO, Martin. *Breve historia de la literatura argentina*. Buenos Aires: Taurus, 2006.

REAL ACADEMIA ESPAÑOLA. Online. Disponível em: < http://www.rae.es/>.

SHUMWAY, Nicolas. *A invenção da Argentina*: a história de uma ideia. São Paulo: Edusp; Brasília: UnB, 2008.

PALAVRAS FINAIS DA TRADUTORA

Traduzir Roberto Mariani foi para mim não apenas um desafio linguístico, mas uma grande descoberta literária e uma vitória. Um verdadeiro gênio... obstinado, incógnito, esquecido. Pouco sei de sua vida, nada além do que as escassas publicações relatam, mas sua narrativa mantém sua presença viva. Inquietante, verdadeiro, provocador. Durante todo o trabalho de tradução, imaginei Mariani sentado a sua mesa em um sombrio escritório, metido em seu terno circunspecto, cordato, introspectivo, mas capaz de ler com extrema clareza as entrelinhas da trama psicológica de seus dias. Observava seus colegas de trabalho, seus superiores, as pessoas que cruzavam com ele nas ruas, nos cafés. Nada, nem ninguém, passava desapercebido pelo olhar atento do grande narrador e todos se tornaram personagens imortalizados em seus contos. No silêncio de seus pensamentos todos "falam", "gritam" suas incertezas, suas angústias e Mariani é o porta-voz de toda opressão, ainda atual e presente nos nossos dias. Veloz, urbana, meticulosa e implacável, assim é a narrativa de Mariani para mim. Descreve o palpável e o impalpável... Descreve lugares e pensamentos com a mesma astúcia. Um verdadeiro gênio... obstinado, incógnito, porém não mais esquecido!

Renata Moreno

Contos do Escritório

Ao meu anjo
que dá brilho ao meu passado
e ilumina o meu futuro.

Balada do escritório

Entra. Não te importes com o sol que deixas na rua. Ele está caído na rua como uma branca mancha de cal. Lambe agora nossa calçada; esta tarde irá adiante. Não repares no sol. Tens o domingo para bebê-lo inteiro e vorazmente, como um copo de dourada cerveja em uma tarde de calor. Hoje, deixe o preguiçoso e contemplativo sol na rua. Tu, entra. O sol não é sério. Entra. Na rua também está o vento. O vento que corre brincando com fantasmas. Ele também é um fantasma; não o vemos, e o sentimos. O vento está brincando; correndo uma louca carreira em meio à rua; golpeando as têmporas contra as paredes das casas; desintegrando-se nas copas das árvores... v... v... v... v... O vento é brincalhão como um carneirinho; ele não é sério. Tu, entra.

Deixa na rua: sol, vento, movimento louco; tu, entra.

O que poderias fazer na rua? Não tens vergonha, estúpido sentimental, deleitar-te com o sol como um ancião branco, esquelético e centenário? Não te sentes humilhado, em tua atual situação de rapaz robusto, por te deixares levar pelo vento como uma folha dentro de um redemoinho?

E a chuva! Não te envergonhas lembrar que nos outros dias estiveste três horas — Três horas! — contemplando a chuva de trás da vitrine do café, cair e cair e cair, monotonamente, estupidamente, uma longa, enfadonha e maçante chuva. Entra, entra.

Entra; penetra em meu ventre, que não é escuro, porque, olha quantos Osram[1] flecham os seus luminosos olhos de enxofre acesos como pupilas de gata! Penetra a minha carne, e estarás resguardado contra o sol que queima, o vento que golpeia, a chuva que molha e o frio que adoece.

Entra; assim terás a certeza — que dará paz ao teu espírito — de obter todos os dias pão para a tua boca e para a boca de teus pequenos. Os teus pequenos, os teus filhos, os filhos da tua carne e da tua alma e da carne e da alma da tua companheira que faz contigo o caminho! Eu darei para eles pão e leite; não temas; enquanto estiveres em meu seio, e não rasgues as prescrições que tu sabes, jamais faltará aos teus pequenos, pobres!, nem pão, nem leite, para as suas ávidas bocas. Entra; lembra-te deles; entra.

Ademais, cumprirás com o teu dever. O teu dever. Entendes? O trabalho não desonra, pelo contrário, enobrece. A Vida é um Dever. O homem nasceu para trabalhar.

Entra; urge trabalhar. A vida moderna é complicada como uma meada com que esteve brincando um gatinho. Entra; sempre há trabalho aqui.

Não te entedies; ao invés, encontrarás com que suavizar a tua vida. (Além de que é o teu Dever). Entra. Senta-te. Trabalha. São quatro horas apenas. Quatro horas. Mas, atenção: nada de trapaças, nem simulações, nem mentiras. Ao trabalho! Se o teu labor é limpo, correto e diligente — diligente, sobretudo —, os chefes elogiarão. Estás são; podes resistir estas quatro horas. Viste como as resististe? Agora, vá almoçar. E volta à hora correta, exata, precisa, matemática. Cuidado! Porque se todos se atrasassem, derrubar-se-ia a disciplina, e não pode existir nada sério sem disciplina. Outras quatro horas ao dia. Ninguém morre trabalhando oito horas diárias. Tu mesmo,

---

[1] Uma das maiores fabricantes de lâmpadas do mundo, fundada em 1906 e com sede em Munique, Alemanha.

diz-me: não tens estado remando no domingo, onze ou doze horas, cansando os músculos em um labor na água que me abstenho de qualificar pelo nenhum remorso que se obtém? Vê, tu? E com iminente perigo de afogar-te! Eu só te exijo oito horas. E te pago, te visto, dou-te de comer. Não me agradeças! Eu sou assim.

Agora, vai tu, contente. Cumpriste com o teu Dever. Vai à tua casa. Não te detenhas no caminho. Mantém-te sério, honesto, sem vícios. E volta amanhã, e todos os dias, durante 25 anos; durante os 9.125 dias que levastes para chegar a mim, eu abrir-te-ei o meu seio de mãe; depois, se não morreres tísico, dar-te-ei aposentadoria.

Então, gozarás do sol, e no dia seguinte morrerás. Mas terás cumprido com o teu Dever!

Rillo

A promoção do senhor González provocou uma oscilação de cargos. Gainza passou a segundo chefe no "Exterior" e Borda ficou em "Londres — Paris" como encarregado da mesa. Cornejo foi mandado a "Representantes" como primeiro auxiliar com uso de assinatura. Acuña, que esteve dois anos em "Compras — Paris", voltou à Contadoria. Romeu e eu passamos ao Almoxarifado, o "Paraíso", como dizíamos. Não porque ele tivesse o encanto de um jardim habitado por anjinhos, mas porque o escritório ficava na cúpula do canto.[1] O andar da cúpula ficava junto ao telhado. Era um lugar amplo, sem divisórias, com quatro grandes janelas e uma única porta de entrada, pela qual podíamos ver os elevadores a uns trinta metros. Era completamente isolado. Fora, no telhando, sem cobertura nem toldo, era um problema sair para fumar nos dias de chuva, pois tínhamos que correr estes trinta metros sobre lajotas escorregadias. La Peñita, — uma linda vendedora de Layettes[2] —, uma vez caiu de bruços com um monte de lápis e anotadores que havíamos acabado de lhe entregar. Nos dias de chuva — melhor, de chuva e vento — permanecíamos vigiando os elevadores com a secreta esperança de ver sair alguém que viesse à cúpula. Era um espetáculo e o desejávamos porque não havia outro!

---

[1] Elemento arquitetônico muito utilizado nos edifícios da cidade de Buenos Aires, no final do século XIX e início do século XX, como símbolo de progresso e elemento ornamental para valorizar as propriedades. (N.T.)
[2] Enxoval, roupas e acessórios para recém-nascidos. (N. E.)

— Aí vem o Acuña!

Amontoávamo-nos, todos, perto da porta, e víamos Acuña dispor-se a correr, abrir o guarda-chuva, começar a correr, deter-se, lutar com o guarda-chuva e com o vento, — o guarda-chuva quebra! — voltar a correr, chegar ofegante e todo molhado à cúpula onde o recebíamos com inocente alegria.

Num canto da sala havia uma incômoda escada em caracol que conduzia ao andar de cima: o "teto", como chamávamos. Ali, no "teto", ficava o "Depósito". A porta, sempre fechada com cadeado, só abria com as chaves que ficavam com o chefe, o senhor Torres.

O chefe nos dava algum trabalho, a mim e a Romeu, e a cada dez minutos se aproximava de nós para ver nosso trabalho. Eram coisas simples, fáceis e corriqueiras que fazíamos bem. Mas não importava, é função do chefe vigiar o trabalho dos seus empregados. O chefe se aproximava e nos dizia o que tínhamos que fazer, o que já sabíamos que devíamos fazer.

A primeira coisa que observei no escritório de Almoxarifado foi o silêncio. Um silêncio incômodo, compacto, longo, nervoso. Um silêncio que, como a umidade, havia impregnado os móveis, os objetos. Silêncio, silêncio. Uma umidade que impregnava até o ar e, às vezes me parecia, — nos primeiros dias — que o meu próprio pensamento, a julgar pela voz do meu cérebro, retumbava como um estampido escandaloso, na quietude do escritório.

Perto do começo da escada de caracol ficava o senhor Torres. Em uma mesa isolada, encostada a uma parede de tijolos, em silêncio, Rillo de um lado e Julito do outro, escreviam. A terceira mesa era onde, em silêncio, escrevíamos eu e Romeu. Estávamos contra a porta-balcão da rua, a rua que corria abaixo, mais abaixo ainda, seis andares abaixo.

Escrevíamos nos livros por meia hora, uma hora. Depois deixávamos a caneta-tinteiro e íamos ao banheiro fumar um cigarro.

Se precisasse atender algum pedido de materiais, o senhor Torres se levantava sem olhar para ninguém, dizia, gritava, melhor dizendo:

— Senhor Rillo!

Rillo se levantava e subia ao "teto". Atrás dele subia o chefe. Se houvessem materiais pesados ou muito grandes para descer, subia outro empregado.

— Senhor Lagos!

Bom, agora era a minha vez.

Descíamos os materiais indicados na planilha que o senhor Torres tinha em mãos:

"20 formulários 31"

"3 caixas de plumas Lanza R"

"Um de ficha contábil S"

"Um de ficha contábil B"

E continuava a lista.

Colocávamos os materiais em cima de um balcão. Já havíamos contado lá em cima, no "teto", antes de descê-los. Não importava. Embaixo, contávamos outra vez.

Depois, o "controle":

— Senhor Rillo, quantos anotadores? Senhor Torres perguntava, mas a frase era demasiada enérgica e ácida, para ser encerrada dentro de um amável ponto de interrogação.

— Senhor Rillo, quantos anotadores?

— Seis pacotes e trinta soltos.

Volta a subir ao "teto" e volta a contar para ver se, efetivamente, haviam — segundo o livro de "Estoque" — seis pacotes e trinta soltos, ficavam seis pacotes e dez soltos depois de tirar vinte formulários.

— Senhor Lagos, faça o débito!

— Senhor Rillo, revise a operação do senhor Lagos!

— Senhor Romeu, assente a partida expedida!

— Senhor Lagos, revise a "saída" de Romeu!

Depois de tantas voltas e revisões, vinha ele — outra vez — para as mesmas operações, e colocava uns "tiques" nos livros e boletos.

O senhor Torres vivia em permanente terror de equivocar-se na entrega de materiais. Aos sábados fazíamos um balanço parcial, controlávamos — outra vez — os pedidos atendidos durante a semana. O sábado inglês, para nós, chegava ao fim às quatro ou cinco da tarde.

Rillo tinha o livro de "Entradas", Romeu o de "Saídas", eu o de "Estado Diário", Julito o de "Estoque".

Rillo era alto, magro, pálido e muito nervoso. Tudo ia em palavras. Tinha uma mecha de cabelo rebelde que estava sempre jogando para trás.

Quando o senhor Torres não estava no escritório, conversávamos, ríamos, brincávamos e nos vingávamos do silêncio.

— Você não conhece o senhor Torres? É um miserável, hipócrita, um jesuíta, um falso! Eu o conheço. Com seus chefes é só sorriso; conosco, cara de poucos amigos. Para mim é sempre assim, porque uma vez faltou um pacote de impressos "H" e o "Contas Correntes" estava pedindo... Bom, ele culpou a mim, porque não havia contado direito...

Romeu olhava e sorria. Tinha a caneta tinteiro na boca e a mordia com seus dentes amarelos e quebrados. Julito ria.

— Como chefe ele poderia ser pior — disse Julito, rindo.

— Eu gosto dessa filosofia! Claro que podia ser pior, serve de consolo! Todos os demais setores têm sábado inglês, só o Almoxarifado fica aos sábados até às cinco ou sete. E, depois, se não tem trabalho, inventa...

Julito ria. No começo interpretei mal a risada de Riverita. O que acontecia é que Julito conhecia bem Rillo e o incitava, o contradizia, para vê-lo inflamar-se e envenenar-se, o que para ele era um regozijante espetáculo.

— ...conta! Conta-se cem vezes o material e se revisam mil vezes os boletos e anotações. Quatro balancetes por mês!

Onde já se viu? Quando Pazos era o chefe, passávamos o dia fazendo cábulas para a roleta e o hipódromo...

— Ótimo chefe! — disse Romeu.

— ...quando chegava um pedido? "Rillo, atenda isso". Eu atendia. "Contou bem, Rillo?" E assinava. Sem todas essas bobagens!

— Eu acho que esse controle está certo. — contradizia Julito.

— Mas se antes Pazos e eu bastávamos! E nunca faltou nada!

Vimos o senhor Torres voltando para o escritório, mas não se aproximou da porta. Deve ter nos descoberto conversando animadamente. Na metade do caminho voltou para trás e sua antipática figura se perdeu nas portas do elevador.

— Zás! Eu sei o que vai acontecer. Você não sabe? Já nos proibiu de conversar. Ameaçou dizer ao gerente que eu sou isso e aquilo, se me pegasse conversando. E então? Pegou-me. É bem capaz que me coloque na rua... ou vai arruinar minha promoção. É bem capaz... Cachorro!

— Agora vai falar de reivindicações sociais. — disse Julito, rindo forte e separando bem as sílabas das palavras "reivindicações".

— Que reivindicações porcaria nenhuma! Trata-se da minha promoção. Ah, e outra coisa, eu acho que se tivéssemos governantes com certas ideias socialistas, estes abusos não aconteceriam.

— Você acredita em políticos, Rillo? — disse Romeu. — Então ouça:

De los males que sufrimos
hablan mucho los puebleros,
pero hacen como los teros
para esconder sus niditos:
en un lao pegan los gritos,
y en otro tienen los güebos.

> Y se hacen los que no aciertan
> a dar con la coyuntura;
> mientras al gaucho lo apura
> con rigor la autoridá,
> ellos a la enfermedá
> le están errando la cura.[1]

— Não me lembro mais! São de Martín Fierro e parecem escritos esta manhã. A política! Ou melhor: os políticos!

— Não sou político e não sou socialista nem nada. Mas verdade seja dita: o socialismo, como doutrina, contém muita verdade.

— Frase de comitê — interveio, novamente, Romeu. — Frases de eloquência eleitoreira, de política suja. A política é inimiga dos que trabalham. É uma enganação, uma mistificação. É como dar um saboroso bombom para alguém que tem fome. Os socialismos são esses bombons!

— Você é um conservador! O pior inimigo é aquele que já foi seu amigo! Você é pobre como nós!

Rillo acenava com a cabeça, mãos e pés. Levantava-se, caminhava, voltava e se sentava. Pegava uma régua, uma caneta. Voltava a colocá-la sobre a mesa. Romeu se jogava para trás na cadeira e colocava os pés sobre a mesa.

Julito apertava em suas mãos o vigésimo quarto episódio de *Los millones del rey del caucho* e ria sonoramente.

---

[1] *El gaucho Martín Fierro*, José Hernández, 1872. "Dos males que sofremos falam muito os povoeiro, mas fazem como os quero-queros para esconder seus ninhos: gritam de um lado, mas o ninho está do outro. E se fazem assim por não entender esta triste conjuntura; enquanto o gaúcho apura o rigor da autoridade, eles nessa doença estão errando na cura."
Este poema trata-se da chamada "literatura gauchesca", conhecida por ser altamente codificada e com características linguísticas específicas: a escrita procura recriar o registro oral dos habitantes rurais do Rio Grande do Sul, Argentina e Uruguai. A tradução nunca se aproxima muito do estilo original. (N. T.)

— Tem que levar ideias novas ao governo! Por isso sou socialista, — dizia Rillo — mais escolas, menos... — Besteiras! Não está aí o mal, a doença... mais escolas! Tem quatro mil professores sem emprego. Não me diga isso porque minha irmã é professora e está há cinco anos sem emprego. Eu também sou professor formado... e você vê... Você é um conservador...

— Eu, conservador? Eu? Não sou tão atrasado! Li livros! Não sou um talento, mas leio livros e me instruo e tenho ideias novas...

— O fetichismo socialista: a cultura! O ritual dos socialistas: o parlamentarismo! Você é um conservador, amigo Rillo, só por acreditar nos parlamentos...

— Como transição é necessário o parlamento, até chegar-se a uma forma... perfeita! O que você acha? Que não sei responder às suas perguntas? Eu sou um socialista consciente! Eu sei o que...

— Quem era Bernstein?

— Não me venha com perguntas irônicas!

As vidraças do elevador abriram e apareceu — vinha caminhando em direção à cúpula — o senhor Torres. Entrou no escritório e sentou-se em sua cadeira.

— Senhor Rillo!

Rillo aproximou-se.

— Apresente-se ao chefe de pessoal. Agora mesmo.

Rillo saiu. Dois minutos depois, o senhor Torres nos reuniu para escutá-lo.

— Eu já adverti que aqui não se cumpre uma ordem minha. Aqui se conversa muito, prejudicando o bom andamento do trabalho. Vocês têm as ruas e os cafés para conversar. Aqui vêm para trabalhar. O senhor Rillo desobedeceu, reiteradas vezes, às minhas ordens. Eu sinto muito, porque aprecio todos os empregados. Eu fui empregado como vocês, mas sabia quando podia conversar e ser alegre, e quando tinha que trabalhar e ser sério... Para que haja disciplina, talvez o senhor Rillo será punido. Sem disciplina não se faz nada. Espero que mais ninguém siga o exemplo do senhor Rillo. Ficaria feliz em saber que vocês compreendem que é conveniente obedecer...

Estendeu-se um pouco mais e terminou. E nós voltamos aos nossos livros.

Pouco depois Rillo estava de volta. Ao passar por mim, resmungou entre os dentes: "miseráveis", enquanto olhava para o chefe com raiva. Sentou-se.

Algum tempo depois, o senhor Torres foi chamado, por telefone, à diretoria. Ficamos sozinhos e nos aproximamos de Rillo.

— Eu não disse? Eu não disse? Ele disse ao gerente que não me queria mais no escritório, que eu não sei trabalhar, que eu sou um anarquista, um militante! E que há 7 anos estou fazendo o mesmo livro. Arruinou a minha promoção. Eu havia dito ao senhor Torres que esperava o aumento de duzentos para me casar... Ele sabia...

— Como? Explique melhor...

— Bem... vamos por partes. "Sente-se", disse o senhor Arnaldo. "Por que você não obedece as ordens do seu chefe?" O que eu iria dizer? Que era uma ordem estúpida essa de não falar? Calei-me. "Mas irá corrigir-se", disse-me. E em seguida: "Vamos transferi-lo para a Contadoria, e você irá esperar mais um ano pela sua promoção. Você está indicado para os duzentos. Se você os quer, tem que corrigir-se".

Em resumo, essa foi a entrevista, Rillo prosseguiu, dizendo que quase não havia falado, apenas disse que "o trabalho estava sempre em dia e bem feito". Quase saltaram lágrimas dos seus olhos quando disse que não poderia se casar sem o aumento. E acrescentou, sem transição alguma: "Eu não disse? Não disse? Mas eu me caso com os cento e oitenta!"

Rillo foi interrompido pela entrada no escritório do senhor Arnaldo, o próprio gerente de pessoal, seguido por M. Feltus e o contador geral.

Julito, o guarda-mirim, saiu do escritório, talvez fosse avisar o senhor Torres.

Os gerentes vieram para saber algumas coisas. Se podiam fazer economia de "materiais". O senhor Arnaldo fazia todas as perguntas. Na ausência do senhor Torres, Rillo respondia, naturalmente, com acerto e demonstrando compreender bem, e com profundidade, todas as perguntas do senhor Arnaldo.

Rillo abria os livros, lia, respondia, opinava.

— Não, senhor, as que usavam o ano passado eram melhores. Eram menores. Se fosse inutilizada uma menor, perdia-se pouco, hoje; com as planilhas grandes, a cada vez que se inutiliza são... são... são...

E abria um livro.

— ...são seis centavos cada uma...

Nisso entrou no escritório, apressadamente, o senhor Torres. Iluminava seu rosto um sorriso decorativo que não combinava, seguramente, com o estado de sua alma...

— "Meu" gerente?

Rillo, discretamente, com a chegada do chefe, retirou-se. Veio até minha mesa e começou a falar em voz baixa:

— Os gerentes querem fazer economia. Eu entendo isso. Eu sei o que querem. Se perguntam, por exemplo, quanto se gastou em 1920 e quanto se gastou em 1919, querem saber por que a diferença. Bom, faz sete anos que estou aqui. Eu estava aqui quando éramos somente eu e Pazos. Conheço isso como a palma da minha mão. O senhor Torres vai se enrolar. Você vai ver... Preste atenção, dissimuladamente, preste atenção como, de quando em quando, o senhor Torres vai me chamar com a mão... não os deixem ver... preste atenção agora...

Efetivamente, pelas costas dos gerentes, o senhor Torres chamava Rillo; Rillo fingia não ver.

— Que se dane! Ele vai me pagar! Cachorro! Cada um tem o que merece. Que se vire, cachorro, até parece que irei ajudá-lo. Zás! Ai está minha vingança! Se eu for, o farei cair em uma cilada! Vou lhe dar uma informação errada e fazê-lo cair como um idiota...

Eu confesso aqui, honestamente, que não disse nada para dissuadir Rillo. Pelo contrário...

Aproximei-me do grupo dos gerentes e Romeu fez o mesmo. Com breves palavras e com voz baixa expliquei-lhe o plano de Rillo.

— Gostei! — disse Romeu.

— E os lápis coloridos, são caros? — perguntava o senhor Arnaldo.

— Regular, meu gerente... — respondia Torres

— Mas está aumentando, este item?

Rillo fez um sinal energicamente negativo com a cabeça, gesto de confiança, para que o senhor Torres não tivesse dúvida ao interpretá-lo, o qual, por sua vez, apressou-se em afirmar com toda a segurança em sua voz e em sua alma:

— Não, "meu" gerente, não. Não aumentou nada.

Rillo, então, trouxe o livro e o abriu. Leu uma linha de quantidades progressivas e anos sucessivos. E acrescentou, confiante em si, gozando voluptuosamente sua vingança:

— Este item aumentou em consumo e preço, sobretudo nos últimos três anos. Mas não há outra alternativa, porque os lápis amarelos são mais baratos, porém lascam inteiros e quase sempre o grafite está quebrado, de modo que, na verdade, saem mais caro. Mas podíamos testar uns lápis japoneses que há na praça. Podíamos tentar...

Agora os gerentes perguntavam a Rillo, e não mais ao senhor Torres.

Em cinco ou seis dias o senhor Torres foi transferido para a Mesa de Entradas. Rillo ficou no Almoxarifado, com seu aumento de duzentos pesos, como "encarregado".

— Agora que você é encarregado, um dia poderá ser chefe — disse-lhe o senhor Arnaldo.

Estávamos em glória com Rillo no Almoxarifado. O mais baderneiro do escritório era o próprio Rillo.

Ele dizia a si mesmo, no escritório:

— Eu sou o Presidente da República do Almoxarifado! Agora isso é uma república, e a democracia triunfou...

Dois meses depois ele se casou.

Mas, nunca chegou a chefe. Rillo foi uma das vítimas da fracassada greve. Continuou por vários anos como encarregado, com duzentos pesos e nada mais...

Santana

Terça-feira
— O que foi?
— Como foi?
— Onde?
— Cinco mil...!
— Com Sánchez Ferreyra?
— Confundiu com Santos Ferrería!

Durante toda a tarde a mesa de Santana foi o local de sucessivas visitas. Ou estava Santana com o empregado do Almoxarifado, ou com o empregado da Propaganda, ou o de Contas Correntes, até três ou quatro companheiros que vinham saber o que havia acontecido em seus pormenores.

Todos, um atrás do outro, liam no livro de Contas Correntes e no Memorial Descritivo o estado e o movimento das duas contas: Concepción Ferreyra e Santos Ferrería.

Santana explicava e explicava sempre do mesmo modo, até o fim, repetindo frases inteiras, e começava com as mesmas palavras e se detinha na mesma parte.

— A senhorita Concepción Sánchez Ferreyra veio me pedir o estado da sua conta. Eu dei. Escrevi num papel de contas como este. Lembro que era um pedaço da ponta. Escrevi: saldo, $4.966,50 negativos. Ela disse que iria cobrir logo:

— Quando foi isso?

Santana levantava o dedo indicador direito, manchado de tinta, e o colocava na correspondente linha do livro de Contas Correntes.

O empregado lia: 12 de janeiro.

Santana respondia:

— 12 de janeiro.

— E cobriu em seguida?

Esta pergunta respondia o próprio empregado, lendo o livro: janeiro, 17.

Santana respondia:

— 17 de janeiro.

Suspendia, Santana, sua cronológica relação do fato para responder a todas as perguntas que lhe faziam. Queria explicar com toda clareza como foi, com clareza e com verdade, a todos, sem mentir em nada, sem ocultar nada, sem alegar escusas, — cansaço ou esquecimento — reconhecia sua falta, seu erro, sua culpa. Tinha um empenho estranho em convencê-los de que o erro foi uma fatalidade, e que não houve de sua parte malícia ou interesse. De modo algum! Foi uma desgraça. Explicava o caso com palavras úmidas e modos humildes, como rogando perdão e piedade. Sentia a necessidade da piedade dos empregados, necessitava que todos se apiedassem dele, com um gesto ou uma palavra.

Era humilde, obediente, calado, frágil, medroso. Agora sofria tanto pelo cometimento da falta, como se houvesse ele, precisamente, adquirido súbita importância. Ele, cujo estado natural era retraído, arredio e tendia a viver em silêncio, no seu canto, em solidão, fora da atenção e alheio a todos.

Sentia-se fraco e incapaz de aguentar, sozinho, a responsabilidade de sua equivocada ação, e buscava apoiar-se na lamentação ou solidária piedade dos colegas.

— Cobriu em cinco dias. Ou seja: em cinco dias, em 17 de janeiro, mandou cobrir com um cheque de cinco mil pesos, de modo que cobriria e restaria de crédito trinta e três pesos com cinquenta...

— Ah, sim! Claro! E você, esses cinco mil pesos, em vez de creditar a Concepción Sánchez Ferreyra, creditou ao doutor

Santos Ferrería, de modo que, claro... para esse doutor, aparecia um saldo a mais de cinco mil pesos, enquanto que a mulher continuava em débito com quatro mil pesos e tanto!

— É isso! Se houvesse creditado o cheque da senhorita Sánchez Ferreyra na sua conta, ela haveria saldado e entrado em crédito. Mas eu me confundi com os nomes e creditei ao doutor Santos Ferrería, de modo que a senhorita, nos livros, continua em débito.

A história estava escrita e registrada no ofício 95.

O cheque B. N. 131.423, de 5.000 pesos, era para a conta de "Concepción Sánchez Ferreyra" e foi creditado, por erro, na conta do "Doutor Santos Ferrería". Teria sido possível solucionar esse erro, se o doutor Santos Ferrería não tivesse movimentado a conta, gastando os cinco mil pesos, que debitaram em sua conta, onde aparecia, equivocadamente, 5.300 pesos.

Romeu comentou:

— Mas já deveria saber o doutor. Caramba! Que não tinha esses cinco mil pesos na conta. É muito dinheiro, cinco mil pesos, para que alguém não saiba se é seu ou não!

— Não sei... Não Sei... Comprou, justamente, com cinco mil pesos. Eu não sei como não suspeitou que não tinha esse saldo... Eu não sei...

— Falaram por telefone? Alguma vez foi até a casa dele?

— Para maior desgraça não está em Buenos Aires. A empregada disse que ele foi para Necochea na quinta.

— E o erro só se descobriu hoje?

— Hoje, sim, hoje. Esta manhã. Quando a senhorita Sánchez Ferreyra veio. Fez compras. Quando eu ia anotar o saldo de sua conta, o débito de sua compra de hoje, vi que não podia ser movimentada e disse ao senhor González. "Tem certeza?", ele me disse. "Sim senhor, aí estão os apontamentos, se quiser ver", eu respondi. Então o senhor González foi dizer para a cliente que... enfim... que não podia movimentar sua conta... e a mulher ficou furiosa.

Pobre Santana! Tão "pouquinha coisa", somente percebido, tão pouco presente...! Quanto tempo faz que está na "Casa"? E desde quando está no Contas Correntes? Tanto tempo... tantos anos! Toda sua vida!

O cunhado de Santana, — que está na Expedições — subiu para vê-lo e ouvi-lo. Santana volta a desgarrar sua voz para relatar — outra vez — o ocorrido.

— O que vão fazer comigo? Demitir-me?

— Sempre a mesma coisa! — arrematou o cunhado que, conhecedor do caráter mínimo e trêmulo de Santana, afastou-se sem tentar consolá-lo, convencido, talvez, de que seria inútil todo emprenho para evitar, em Santana, a tortura e as preocupações.

Mas os empregados, com o passar das horas, foram diminuindo seu aporte de lástimas e companhia a Santana. Este necessitava, continuamente, ter renovadas as palavras de consolo, de solidariedade, e palavras cada vez mais seguras, firmes, enérgicas, afirmativas, até grosseiras.

— Não pense mais nisso, Santana! Tudo vai se resolver.

— Como vão despedir você, homem!

— O doutor Ferrería não vai se sujar por essa porcaria!

— Mas, o que você quer que aconteça? Nada, pois...

— Tudo vai terminar bem, homem. Não se espante!

— Não seja tonto. Não exagere.

Várias vezes o senhor González, o subcontador e algum outro chefe, se aproximavam do livro de Santana. Olhavam, viam, confrontavam, controlavam, faziam alguns gestos nervosos e depois se retiravam.

— Assume o comando das "Filiais" com o Cornejo.

Santana foi destituído do Contas Correntes, substituiu-o Acuña, que esteve ali por dois anos. Esta ordem do senhor Gonzáles, esta transferência para o "Filiais", era uma antecipação punitiva de outras sanções mais fortes, sem dúvida alguma. Seria demitido, enfim? Assim se atormentava Santana.

Entregou a mesa para Acuña e se apresentou a Cornejo. Logo depois, foi chamado à sala do senhor González, com quem esteve por mais de uma hora. Ao subir, ao voltar à Contadoria, à sua nova mesa no "Filiais", foi crivado de perguntas. Ele queria satisfazer a unânime e impaciente curiosidade.

— Nada... Nada... Me deu uma bronca... Me disse... Sei lá! Eu disse que sim. O que ia fazer? Piorar mais as coisas?

— Mas o que ele falou?

— Como ele havia revisado e autorizado a operação, me repreendeu dizendo que eu o fiz assinar uma operação errada. Disse-me que ele tinha parte da culpa, e que isso poderia, também, custar seu emprego se os diretores acreditassem que ele havia assinado e autorizado um lançamento, sem controlar a operação...

— O senhor González conferiu e autorizou o lançamento?

— Mas se o mesmo que lança não pode conferir, nem autorizar, nem o que verifica pode autorizar! Em toda operação tem que haver um que lança, outro que confere e outro que autoriza!

— Dupla falta do senhor González: conferir mal e autorizar havendo verificado!

— Não, não verificou mal, verificou certo. É que, neste livro, conferir é revisar operações, somente; o outro é controlar... — disse Santana.

— Quem conferiu?

— Ninguém...

— Como?

— Só pegamos a assinatura do senhor González, que corresponde à conferência, como conferência e controle...

— Mas, então, o erro foi do senhor González!

— Não, não, eu fiz o lançamento errado. — lamentava-se Santana.

Passavam as horas.

Os gerentes souberam do ocorrido, mas nada fizeram a respeito. O senhor Gonzáles havia enviado um telegrama ao doutor Santos Ferrería, em Necochea. Talvez amanhã, chegaria uma resposta.

Seis e meia da tarde.

— Fechou?

Todos os empregados apressavam o seu trabalho.

— Fecharam?

Abaixou. Fecharam as portas. Na Contadoria, os empregados iam encerrando seu dia de trabalho. Um já escovava sua roupa, outro já retirava da gaveta um pano retangular, inclinava-se sobre um canivete aberto e descobria o fácil e pálido lustro dos sapatos.

Tchau. Até amanhã. Tchau. Iam os empregados, um após o outro. Às oito permanecia, ainda, Santana na Contadoria, conversando com Javier, o contínuo. Tinha o chapéu na mão, colocava-o sobre a mesa e voltava a pegá-lo. Mas não se decidia a ir. Escutava as palavras de resignação de Javier.

Compreendeu que deveria ir; agora sim, deveria ir. Já era muito tarde e somente ele continuava na sala.

Resolveu ir. Ou melhor: a hora avançava e o empurrava para fora da sala. Dirigiu-se à sala do senhor González, timidamente, e ousou, no entanto, deter-se à porta.

— Posso ir, senhor González?

— Sim, vá. Nada mais. Até amanhã.

Mescla infinita de decepção e esperança em Santana. Ele queria falar por muito tempo, horas infinitas, falar, falar do assunto, até esgotá-lo, até esgotar-se, até dizer tudo de todas as formas, até dormir sobre o assunto... Tão forte era essa necessidade que pôde ouvir a si mesmo dizendo:

— É... isso... qual sua opinião senhor González? — e tremeu ante sua coragem.

O chefe levantou o olhar, um tanto assombrado, e olhou o trêmulo empregado, que ficou vermelho e ardente como um incêndio nos céus.

— O quê? O que você quer que eu diga? Amanhã veremos, amigo, amanhã... Até amanhã.

— Até amanhã, senhor González.

Saiu da Contadoria. Foi o último a sair da Contadoria. Porém, na sala dos relógios, Santana teve que explicar seu erro ao velho Aquini, que o ouvia atentamente, tendo uma mão encostada como uma folha curvada na orelha direita e repetia: que coisa... que coisa... que fatalidade... assim!

Santana saiu para a rua. "Marque o ponto, Santana". Voltou ao seu relógio. Clac: o 35 do H. Saiu para a rua. Sozinho. Era noite, já. Pessoas apressadas. Luzes. Na ampla intersecção de ruas, os carros iam tecendo uma ilusória teia de aranha. Buzinas. Ruídos. "A Razão". Buzinas. "Crítica". Buzinas. Luz chamativa, exagerada, que o convida à leitura do anúncio comercial, que brinca com o transeunte, ou que o pega pelos cílios e grita o nome do melhor sabão...! Trac!... As vitrines das lojas baixam sonoramente suas pálpebras metálicas e fecham seus olhos. Santana caminhava. Parava. Ausentava-se de si mesmo. Ou sentia-se, dolorosamente, presente e vivo e, exageradamente, sensível, como uma ferida aberta. Vítima, castigado, agonizando. Cinco mil pesos! Era a desgraça que caía sobre ele! O que havia feito? Oh! O que fez? Cinco mil pesos! E ele, precisamente, ele, cometer esse erro! Depois de quatorze anos de trabalho silencioso, e um dia estrondo e desordem, e estar aqui, ele, o principal e único autor e fonte unânime de todas as atenções. Ele, cujo destino era estar sempre escondido, e deixar passar, ei-lo aqui, causa de uma exposição e colocado no centro da cena e sozinho, frente à multidão de espectadores, cuja curiosidade lhe causava medo! Tudo por um erro. Um erro que ele cometeu! Um erro tão perigoso! Depois de quatorze anos. Tinha tanto cuidado, tanta atenção, tanto medo em seu trabalho... Era muito lento, porém exato, como um relógio. A única coisa que nunca conseguiu e nunca alcançou: rapidez. Não, não. Vagaroso, cuidadoso, atencioso, repetitivo, ainda que perdesse a tarde para assegurar-se de modo integral e absoluto, de cada anotação, para não se equivocar. Nunca um erro, nunca nada obscuro, nada desorganizado, tudo limpo, claro, exato, como contabilidade em relevo, quase sensível ao tato. No "Contas Correntes", Santana havia chegado a ser insubstituível, era o único homem para aquela função, era a sua função, era ele o "Contas Correntes", era essa sua função, o princípio ideal, o arquivo. Há sete anos tomava conta desses livros de Contas Correntes. Sete anos. Um dia após o outro. Uma operação após a outra, todas as operações de sete anos. Sete anos vendo as compras, os pagamentos, os créditos, as assinaturas, os gastos de tantos clientes, em sua quase totalidade os mesmos em sete anos. Mofou ali, em meio aos livros de Contas Correntes. Impregnou-se da função até sua total absorção. Até necessitar apenas dos livros. Já não necessitava mais de outras coisas, o conteúdo já estava em sua memória, ou em sua retina. Por exemplo: as assinaturas. Conhecia as assinaturas de todos os clientes. Escassas vezes ia comprovar uma assinatura de um cheque ou de um boleto no "Registro de Assinaturas". Para quê? O Registro de Assinaturas já estava absorvido por sua retina. Tinha na retina, impressas, todas as assinaturas. Sim, agora mesmo, sim senhor! Está ai! Fecha os olhos e vê claramente, escrita no papel, a assinatura de quem quiser. Por exemplo: Gómez Esnal, Adolfo Gómez Esnal. A assinatura de Gómez Esnal é assim:

É assim, ele a vê, nitidamente, em seus pormenores. Poderia pôr a mão no...
— ..."Adeus, Santana"...
...fogo pela autenticidade de cada assinatura, sem ver o Registro. E atrevia-se mais, ainda. Às vezes a assinatura diferia, em algum pormenor, daquela registrada, fosse por um arco na rubrica, ou uma maiúscula equivocada, ou um traço de letra carregada ou fraca, ou a letra final unida ou separada, ou esse pontinho curioso, ou onde o mata-borrão escorregou... ou... mas se esse cliente não baixa tanto, nem carrega tanto no traço final, não importa! Quando ele insistia na autenticidade de uma assinatura, o outro auxiliar de mesa, ou quem quer que fosse, aceitava. Ele não podia enganar-se. Certo que não era a assinatura exatamente idêntica, fotográfica, mas era autêntica, e ele tinha razão e explicava assim: "é que o cliente assinou aqui separado, mas a assinatura é sua; é que usou aqui uma pluma de ponta fina, mas é sua; é que assinou sobre alguma coisa dura, madeira, ferro, mas é sua; é que assinou sobre algo como couro, por isso a assinatura saiu tremida, mas a assinatura é sua; é que assinou tranquilamente e levantou no "r" a pluma para carregá-la na tinta, mas a assinatura é sua; é que aqui deveria estar nervoso... mas a assinatura é sua; é que aqui..." Ou seja, ninguém podia enganá-lo com as assinaturas, por ele não passava nenhuma falsificação de assinatura. Como, então, explicar o terrível erro de hoje? Não foi questão de assinatura, de falsificação de assinatura! Foi algo estúpido, algo verdadeiramente estúpido: confundir uma conta com outra... também, quem nunca se confundiu na vida? Santos Ferrería, Sánchez Ferreyra..., mas por que, demônios, se confundiu? Tomou um pelo outro? Foi ao ver a assinatura do cheque? Foi ao abrir o livro? Foi ao ler o cabeçalho? Ao ver a assinatura, jamais se equivocava. Mentalmente repetia o nome, logo após ver a assinatura. Via a assinatura de Juan Eguzquiza, por exemplo, e repetia mentalmente o nome de Juan Eguzquiza;

se não repetia esse nome e dizia outro, logo sentia um choque, uma violência estranha: "não pode ser isso, tem alguma coisa errada", e acabava solucionando e chegava à solução exata, fiel. De modo que a assinatura do cheque lhe veio de forma clara: Sánchez Ferreyra. Viu a assinatura: Sánchez Ferreyra. Compreendeu: Sánchez Ferreyra. Não sentiu nada estranho, nada insólito. Disse mentalmente: Sánchez Ferreyra. Com certeza, tudo aconteceu assim. Depois de identificar a assinatura, acrescentava o número do ofício. O número do ofício onde estava a conta do cliente. Depois de "dizer" o nome da assinatura, "dizia" o número do ofício, que era um complemento imprescindível. Sánchez Ferreyra, ofício 93. Não se equivocou com o número do documento. Faz muitos anos que, imediatamente após dizer "Sánchez Ferreyra", dizia "ofício 93". Não se equivocou por esse lado. Tinha que creditar 5.000 pesos a Concepción Sánchez Ferreyra, ofício 93, e abriu o Livro de Contas Correntes na página 95... ofício 95... correspondente ao cliente Santos Ferrería. É isso! Aqui está, aqui está todo o erro! Foi aqui onde se confundiu! E presenteou com cinco mil pesos a conta número 95, em vez de creditá-los à conta número 93. Sim, foi aqui onde se equivocou. Não deveria ter tido tanta confiança. Por que não usou o índice de ofícios e contas? Ou melhor, se não tivesse tanta confiança, estaria obrigado a consultar o índice. Porém, não poderia ser mais seguro: García Lacasa, conta 63; Juan José Castillo, conta 18; Luis Acuña Irigoyen, conta 71; Jacinto Anchorena, conta 37; Adolfo Ferrer, conta 89; Concepción Sánchez Ferreyra, conta 93; Santos Ferrería, conta 95... Que azar teve! Mas esse doutor, como fez um gasto de, precisamente, cinco mil pesos, quando deveria saber muito bem que só tinha trezentos pesos? Será ele um desses advogados "mortos de fome", sem trabalho, cheio de dívidas? Ah! Se for, sem chance de que ele resolva isso cobrindo os gastos efetivos! Mas pode ser que seja um advogado rico e decente, que ganhe dinheiro com suas causas e negócios, ou que seja rico e nem exerça... Se é rico e não exerce, agora está aproveitando o verão em Necochea. Foi para Necochea para resolver uma causa. Ou tem em Necochea uma grande casa de campo...

Santana caminhava ausentando-se cada vez mais do mundo exterior e entrando rapidamente nas entranhas das alucinações. As pessoas lhe davam cotoveladas ou empurrões que ele nem sentia. Quase foi atropelado por um carro em frente ao New Palace. Nem sequer ouviu as vozes: "Cuidado, desgraçado". Apenas sentiu uma pressão na mão e um puxão para trás. Viu dois olhos coléricos, faiscantes, agressivos. Eram os olhos do motorista. Viu-os durante meio segundo, e só então teve a vaga sensação de que deveria compreender algo. Este olhar afiado o fez perceber algo que ainda não havia percebido.

Voltou atrás. Por um momento teve vontade de parar o primeiro homem que encontrasse e dizer-lhe: "Você conhece o doutor Santos Ferrería? Ele é rico? É uma boa pessoa? O que acontece é que ele tinha em sua conta somente trezentos pesos, nada mais que trezentos, e não tinha crédito em aberto e acontece que..." E lhe contaria toda a história. "Acha que ele pagará os cinco mil pesos? Sim?" E o diálogo imaginário foi trazendo Santana para a realidade. Sons, a altura das vozes, e pausas e gestos que dão às palavras realidade. Santana pareceu ouvir — verdadeiramente ouviu — a própria voz a que acabara de interrogar. "Sim, senhor Santana. Sim, o doutor Ferrería é um desses advogados com grandes causas nas quais estão em jogo quantias fabulosas de dinheiro. Ele também é fazendeiro, é dono de Necochea inteira! Mas cuida de muitos assuntos e, por isso, está sempre ocupado, nem ele mesmo sabe as coisas que tem, nem o dinheiro, nem o andamento das ações. O assunto que te preocupa não tem importância para ele."

Pela falta de um companheiro humano que o apoiasse em sua inquietude, Santana criou um ser ilusório que o consolava e o estimulava, que o sustentava e o iludia. Quando quase caiu ao dobrar a esquina com a Rua Cangallo, seu companheiro imaginário fugiu, de modo misterioso, como um passe de mágica. Estava Santana, outra vez, sozinho. Sentia um medo terrível quando pensava na situação e, quando a via com certa clareza e se deixava fundir nesta quase consciência, concentrando sua atenção sobre um único e pequeno ponto no ar, uma instintiva defesa aparecia, levando-o a pensar sobre vagos detalhes, soltos, independentes, afastando-o da verdadeira situação.

Fundido, instintivamente, à tragédia, avançava rumo ao absurdo e ao falso, ou voltava à realidade, tentando compreender as consequências do fato. Com esses cinco mil pesos comprou um casaco de inverno; um suntuoso casaco de inverno — como se lia nos anúncios da seção de Propagandas —; um casaco de pele caríssimo para sua mulher. E roupa íntima de seda, também. Ah! Há quase três anos, em outra ocasião, também gastou cinco mil pesos, ou seis, também em roupas femininas para sua mulher... uma artista do Colón... uma bailarina... uma prostituta cara. Sim, com certeza, está envolvido com alguma que lhe custa caro. Sim, sem dúvida, mantém uma dessas...

— Ei! Amigo...

Dói o golpe recebido. Um vago perigo físico o ameaça, na rua. Tem que entrar em um café. O golpe recebido dói. Foi no antebraço e a dor se localizou no ombro. Entra em um café. Whisky. Vai pedir whisky. Café, sim, café. Por que não se atreveu a pedir um whisky? Traga um café. Café com conhaque. É normal e ninguém vai estranhar que alguém peça um café com conhaque. Pedindo café com conhaque ninguém pensará que Santana tem o hábito de beber. O whisky é mais forte, deve dar mais força, mais ânimo, deve proporcionar mais coragem! Ah, sim! Se ele não tivesse vergonha e se atrevesse... Necessita ânimo, presença de espírito, coragem, audácia para ver sua própria situação e não desfalecer. O que aconteceu? Queria pensar com serenidade e com método. "Vamos por partes". Suponhamos, primeiro, que o doutor Santos Ferrería não pague os cinco mil pesos. Então, a Casa não perderia nada[1] e ele, Santana, seria punido, o suspenderiam, adiariam sua promoção, mas não o despediriam. Segundo: não paga, a Casa tem prejuízo de cinco mil pesos e Santana é culpado. E será despedido... e o obrigariam a cobrir o déficit. Terá que pagar, ele, Santana, cinco mil pesos. E com que irá pagar? Eram cinco mil pesos e ele tinha apenas três mil pesos no Novo Banco de Londres. Em último caso, ele entregaria à Casa os três mil pesos e empenharia até a alma para conseguir os outros dois mil, contanto que não o despedissem. Entregaria sua caderneta de poupança com seus três mil pesos a eles. Três mil pesos economizados à custa de dolorosas privações — privações dolorosas até às lágrimas. Economias, sacrifícios, renúncias em todos os sentidos e de todas as necessidades. Lembrou-se daquele sobretudo azul, aquele grosso casaco azul, que durou — que ele fez durar — uma eternidade de invernos. Primeiro e segundo ano: novo. Nos anos seguintes envelhecia, enrugava, rasgava, desfazia-se. O forro caía aos pedaços. Gasto nos cotovelos. Mandou refazer o forro. No ano seguinte, tingiu de preto. Dois anos, dois anos assim, "se virava com o casaco". Tinha que se virar dois anos mais! Por fim, definitivamente, impossível usá-lo na rua, mas continuou sendo útil. Amelia, sua esposa, fez uma manta para a cama das crianças com o casaco. Tinha que cuidar do dinheiro! Tinha que se preservar e se defender! Era necessário resistir, manter a comida, o teto, qualquer possibilidade de doença. Era imprescindível não esmorecer durante a construção da muralha de defesa, e todos os meses acrescentar um tijolo a mais, todos os meses era necessário acrescentar algo mais, qualquer coisa, ao Banco, construindo, pedra sobre pedra, suas economias. Imperativo categórico: economizar! Lembrou-se de suas pesquisas, pesquisas minuciosas no emaranhado de lojas do Paseo

---

[1] Um equívoco de Mariani, neste trecho fica claro que o que o autor quer dizer é: "(...) que o doutor Santo Ferrería pague os cinco mil (...)". (N. E.)

de Julio, procurando camisas de operários, fortes e baratas, meias de operários, fortes e baratas, botinas, nada elegantes, sólidas, fortes e baratas... Era necessário sustentar a casa, o casamento, os filhos. Ter cuidado com a dolorosa traição de uma doença e resistir. Resistir aos periódicos partos da esposa, resistir e dominá-los para que não levassem mais dinheiro.

O ano passado... — sim, outro, com conhaque — recebeu um aumento de duzentos e cinquenta pesos. A caderneta de poupança iria, agora, receber mais dinheiro. Havia economizado com o salário escasso, irrisórios cento e cinquenta pesos, cento e setenta, duzentos e trinta... Para a casa, para os filhos, para o terrível, trágico, misterioso e tremendo amanhã. Por isso chegou a acumular, cheio de medo, até três mil pesos. E este dinheiro, com tudo o que ele representava, com tudo o que ele significava, teria que entregá-lo ao banco? Era como um cego sem guia, um barco sem leme, uma boca sem voz, paredes sem teto. Era como arrancar-lhe a alma, a vida. Sem nada, nada. Era como um castigo absurdo, era como abandonar sua mulher, seus filhos, desnudos, famintos em meio ao frio, à solidão e à doença. Como encontrar pão, leito, teto e roupas? Era um crime! Roubarem dele três mil pesos! Mas não seria pior se o demitissem? Se o demitissem, seria a morte. Se o demitissem do emprego, acabaria tudo... — outro, garçom — seria sua morte, a morte dele, Santana, e a morte, não, a destruição do seu lar... Dele? E todas as demais pessoas do mundo? Todas as demais pessoas seguiriam vivendo, mais ou menos felizes, ao menos lutando, sem esta certeza angustiosa da fatal, e já decidida, destruição de um lar. Ele, somente ele, Santana, sofreria isso. A vida é injusta. Uns ricos, outros pobres. Se, ao menos, os ricos protegessem os pobres... ou os esquecessem. Mas, não, os ricos não ajudam os pobres, mas os usam, os exploram, os punem. E se existem maximalistas,[2] revolucionários, assassinos

---

[2] Partidários do maximalismo, facção dissidente do Partido Socialista Revolucionário, ligada ao movimento camponês russo (N.T.).

e ladrões, é porque os ricos roubam os direitos primordiais de todo ser humano… E, então, eles, claro, querem de volta o que é seu, mas que está em poder dos ricos. E por que existem ricos e pobres? Sempre existirão ricos e pobres. Sempre existirá um Santana, desgraçado, que deve sofrer a vida toda, trabalhando a vida toda para manter seus filhos e não morrer de fome, e sempre existirá um filho de Mister Daniels, vivendo em Paris, divertindo-se com os dois mil pesos enviados pelo pai, a troco de… de… de… por quê? Isso é injusto, ter sorte ou nascer desgraçado. Santana sempre trabalhou, desde os onze anos de idade. Nunca uma desfeita, uma falta, uma irresponsabilidade. Apenas trabalhou. Fez-se homem. Trabalhou. Teve uma namorada. Trabalhou. Casou-se. Trabalhou. Teve filhos. Trabalhou. Nunca lhe sobrou dinheiro para nada, — garçom, outro — e agora o despediriam? Tudo estaria acabado, então! Porque ele não serviria para nada. Não sabe ganhar a vida de outra forma. Era um auxiliar de escritório, não sabia fazer mais nada. Doze anos de escritório, doze anos fazendo o mesmo trabalho subjugado, modesto, simples, mecânico, sempre o mesmo. Doze anos, não, quatorze! Quatorze anos. Nunca uma exceção, um problema ou uma novidade em seu trabalho. Sempre o mesmo. Depois de quatorze anos trabalhando no "Contas Correntes", seria transferido para outro departamento, a três metros dali, e teria que aprender tudo de novo, desde o início, porque só sabia do seu departamento, e não sabia nada do que acontecia a três metros dali. Teriam que ensinar a ele todo o trabalho que estiveram fazendo durante anos, a somente três metros dali de onde ele esteve trabalhando durante sete, quatorze anos… Ah! E se o despedissem? E, pior ainda, se o prendessem? Não, isso não! Nem Joaquín Gallegos colocaram na cadeia. Não, cadeia não. Mas era possível que o demitissem… E o que aconteceria? Seus filhos? E Amelia? Imaginava-se em sua casa, por meses, sem emprego. Já sem dinheiro, ainda sem emprego. Amelia lavadeira? Seus filhos com fome? Seus filhos, os filhos dele,

Santana? Carlitos, o mais novo, sofrendo com fome? Não! Roubaria! O que iria roubar? Foi apenas um acesso de virilidade, de coragem, provocado pelo álcool.

Santana olha para as pessoas na calçada. Olha através das vidraças do café, mas há uma tela nebulosa entre suas pupilas e a rua, produzida pelas doses bebidas em irracionais impulsos, durante uma dessas crises paranoicas que transforma, momentaneamente, o covarde em valente, o abstêmio em bêbado, o avaro em pródigo. Passa pela rua um homem pequeno, acompanhado por uma corpulenta e bonita mulher, e Santana percebe o contraste. Que casal ridículo! Seu olhar captura os objetos e os movimentos, deformados ou borrados. Olha, quer olhar, e os transeuntes dançam, diante dele, uma dança lenta. Ele os vê dançar como quando, no cinematógrafo, a fita fica lenta de forma inesperada. Porém, não vê mais o exterior. Volta a cair sobre sua angústia atual, ao imaginar-se com seus filhos, em uma manhã iminente, sofrendo necessidades físicas, que ele provocara com seu prolongado desemprego. Sente viva a dor. Logo pensa em um modo de evitar essa manhã que tanto o faz sofrer, mesmo antes de ser realidade, mesmo sendo apenas uma fantasia. Tem como evitar isso. Humilhando-se uma vez mais, como um cão, como o último cão, como o mais miserável dos cães. Falaria com o gerente. Choraria. Beijaria sua mão. Diria: "sou um cão, sou um escravo, faça comigo o que quiser, mas não me mande embora, não tire o meu salário, o salário que serve para mim, para meus filhos, Alfredo, Evangelina e Carlitos, para minha mulher". Sim, Santana ganharia o coração do gerente. Despertaria pena nele, piedade. Insistiria: meus filhos... meus filhinhos... choraria. Mas, o que é isso? Que vergonha! Por que agora Santana não tinha força para levantar e caminhar?

Tinha a vaga sensação de estar tonto...

* * *

Rua calma e com pouco movimento, poucos carros a atravessam durante o dia, — caminhões e camionetes — pesadíssimos, com enormes cargas. A Rua Balcarce vai da Praça de Maio até o Parque Lezama, em uma linha irregular, interrompida cinco ou seis vezes por quarteirões de edifícios, que a torce e a leva uns cinquenta, cem metros para o Leste. Ela é cortada, na Venezuela, e desaparece, como que absorvida pelo Paseo Colón, mas reaparece duas quadras depois, ao Sul. A Rua Balcarce tem uma arquitetura peculiar. É possível ver, de um lado, um galpão moderno, de fachada desnuda, sem ornamentos, ao lado de um prédio de aluguel de cinco ou seis andares, erguidos como folhas de um livro, depositadas ali, como coisa esquecida; um velho casarão colonial, de fachada humilde e sarmentosa,[3] de muros desgastados, com janelas gradeadas, portais de madeira talhada, porém inacabadas, e um teto de telhas, tão baixo, que parece que vai despencar em cima de alguém. Estes casarões, para os espíritos curiosos, são os mais interessantes. Dão a grotesca impressão de um belo e orgulhoso fidalgo, desgastado e faminto; muito velho, de estirpe, com legítimo escudo de armas, traje impecável, de corte perfeito, porém sujo, acabado e pobre!

Uma dessas antiquíssimas mansões, atualmente, agoniza como um cortiço. Em seus espaçosos cômodos onde, talvez em 1815 ou 1820, algum general da Independência abandonou esposa e filhos para satisfazer sua sede patriótica nos campos de batalha, hoje convivem, amontoadas, seis ou oito famílias das mais diversas nacionalidades e costumes contraditórios, até rivais. Italianos, franceses, turcos, crioulos. O último cômodo é ocupado por um relojoeiro grego.

A casa conta com três ambientes em uma só ala, e soma doze cômodos no total. Tem três pátios. Passando pelo saguão, levanta-se a desagradável chapa metálica que, segundo as

---

[3] Relativo a sarmento, tipo de planta trepadeira (N.T.).

autoridades municipais, deve existir nas casas de aluguel. O primeiro pátio está sempre sujo e cheio de crianças, o segundo também e o terceiro igual.

Anexas ao muro que separa o casarão da casa vizinha, estão as cozinhas, oito no total. Precárias construções de madeira e zinco, que mais parecem frágeis guaritas. Quando chove, o ruído metralhante da água ameniza as blasfêmias das vizinhas, que têm que atravessar os pátios descobertos para chegar às cozinhas. Mesmo depois daquele temporal, em que um golpe de vento tombou, do segundo andar, uma sopeira cheia de cozido de couve, derramando o caldo fumegante no pátio, as vizinhas, de comum acordo, decidiram cozinhar em suas respectivas habitações nos dias de vento forte e chuva intensa, rebeldes às obstinadas reclamações do negro Apolinario, encarregado do cortiço onde nasceu e representante, ali, do dono, seu antigo amo. Nos reparos sumários, porém, sólidos, efetuados ultimamente, aumentaram os banheiros do edifício, reforçaram as madeiras dos pisos, emendaram as portas e refizeram o teto.

Baratos os aluguéis, Santana ocupa dois cômodos no segundo pátio.

Santana voltava para casa entre sete e meia e nove horas, diariamente, desde... desde quando? Desde sempre. Amelia o esperava. Às oito, jantavam; mesmo se a essa hora Santana não tivesse chegado, a mulher ia à cozinha, pegava a sopeira e as travessas, e trazia o jantar aos filhos. Ela esperava o marido. No começo fazia isso por amor; agora, por costume.

Nesta noite, Santana nunca chegava. Os meninos jantaram e Santana não chegou. Amelia colocou Carlito para dormir. Depois arrastou a cama dobrável de Alberto do quarto do casal para a sala de jantar. O tempo passava e Santana não chegava. Amelia apagou as luzes. Alguns rapazes do cortiço passaram falando sobre futebol e mulheres. Amelia levou a cadeira de vime branca para perto da porta da sala de jantar, que dava para o pátio. Sentou-se, disposta a aguardar. Esperava. O que lhe havia acontecido? Balanço? Não. Trabalho extra? Quem sabe! Prestava atenção aos ruídos que vinham do saguão. Não, não era. Onze horas, já! Amelia se assustou. Demorou para inquietar-se, mas, por fim, ficou angustiada, com um tremor interno e um tremor físico. Onze! Chegou!

Amelia levantou-se, entrou na sala e acendeu a luz.

— Por que tão tarde?

Ele não respondeu.

Ela se aproximou:

— Mas, o que você tem? Está... está... bêbado... o que aconteceu?

— Aconteceram coisas terríveis.

— O quê? Perdeu o emprego?

Foi o que primeiro pensou e traduziu a mulher, a esposa, a mãe. O primeiro, o principal, o primordial, o trágico, o vital para a família do desempregado. Não na saúde, na honra, no pecado. Que saúde, nem honra, nem moral! O emprego, o dinheiro, o salário, o pão, o pão para os filhos! O emprego, o emprego que é comida e luto!

— Não, ainda não...

— Nããão!

Amelia tremeu. Seus olhos marejaram. Instou o marido com perguntas apressadas, cujas respostas frágeis só ouvia ou interrompia. Perguntou, reprovou, retificou. Ele contava e, ela, em alguns momentos, ou assentia ou não dava atenção, ou interrompia para reprovar, ou para aclarar algo. Depois, já estava conformada e consolada. Era exagero. Não era para tanto. Em último caso, iria falar com o gerente... ou, antes, falaria com a esposa do gerente... as mulheres, entre elas, se entendem. Iria com as crianças, com os três.

— Bom, não precisa se desesperar. Sente-se para comer.

Não, não iria comer. Não tinha vontade. Ela insistiu. Falaram do ocorrido. Porém, por duas ou três vezes, insistiu a mulher:

— Mas, sente-se e coma...
Continuaram falando.
— Vai, vai deitar...
E, logo depois:
— É melhor ir para a cama...

* * *

Quarta-feira
— Dona Luisa, a mulher do vidraceiro, vai vestir os meninos para irem ao colégio. Aqui já está tudo preparado, o café da manhã... a Dona Luisa não precisa acender o "primus"[4] e aquecer o leite. Vamos?

Marido e mulher encaminharam-se para "a Casa".
— Se até o meio dia eu não estiver de volta, já combinei com a Dona Luisa para que ela dê comida aos meninos.

Trocaram somente algumas palavras durante o caminho. Chegaram. Ela entrou na leiteria, ele "na Casa", conforme combinaram. Ela ficaria na leiteria e ele lhe enviaria notícias através do guarda-mirim.

Às oito horas a leiteria cobriu-se de silêncio. Castor, o garçom, terminou seu trabalho e aproximou-se da mesa de Amelia:
— Não, não vão despedi-lo, senhora...

E começou a juntar frases e gestos para consolar Amelia, e para convencê-la de que temia uma pena excessivamente severa, até absurda. Mas Castor não sabia consolar. Ele não compreendia como o equívoco de Santana, nada malicioso, nada intencional, cometido sem interesse próprio, sem nenhum delito, podia gerar tamanha tragédia. Que era uma desgraça, convenhamos. Mas tinha que suportá-la. O que fazer? Todos sabem que, na vida, temos que suportar coisas que acontecem,

---

[4] Fogão Primus, tipo de fogão portátil a querosene. (N.T.)

acontecem a todo mundo! Suporta-se. Tudo se resolve. Só para a morte é que não tem jeito!

— Eu já me livrei de coisas piores, senhora. Não é um empurrão qualquer que me derruba. É questão de aguentar que tudo passa. E para aguentar, para resistir e vencer, tem que ter coragem. E sabe o que é coragem, para mim? É não ter medo de nada!

Agora, sim, as palavras de Castor faziam sentido para a vida de Amelia.

— E se vier uma tempestade? Se você tiver onde abrigar-se: ótimo! Refugie-se. Mas, e se não tem? Então, enfrente. Firme, até que acabe, porque um dia acabará. Eu não sei por que vocês pensam que uma coisa assim, enfim, não é uma coisa qualquer, eu não quero dizer que isso não é nada, mas quero dizer que... dizer que... que isso não é verdadeiramente uma coisa dramática. Eu não entendo por que vocês têm tanto medo disso. É mais o medo de vocês que tudo! Quantas vezes perdi o emprego, em Havana, em Valparaíso, no Chile, em Buenos Aires! Veja, senhora, eu era preparador de fumo em uma fábrica de charutos. Um preparador de fumo, em Havana, é um trabalho que dá para viver, que muitos almejam, é como uma aposentadoria, como ganhar na loteria em Madri! Pois bem, veja a senhora, me despediram, por questão de quê? De que nos apaixonamos pela mesma mulher, eu e meu chefe... Pois bem, veja a senhora, me despediram e, aqui estou eu! Vivendo, sempre! Saía ou me despediam de algum lugar, logo eu estava em outro. Vamos supor: se despedirem o seu...?

— Nãããoo!

— ...marido? Coragem! Logo encontrará trabalho... em qualquer lugar... até melhor que o atual!

Amelia sentia que as viris palavras do homem sem medo davam, ao seu espírito e ao seu corpo, uma injeção reconfortante de força, conformidade, esperança, tranquilidade. Em certo momento, sentiu um aturdimento entre tristeza e alegria, entre o afeto e o rancor. Foi uma compreensão fugaz, momentânea, nem tudo estava perdido. Já estava quase alegre e afetuosa, convencida de que, efetivamente, não deveria temer, quando, no seu subconsciente, formaram-se duas figuras: a figura do homem forte, valente, são, alegre, otimista, que na luta sofre, mas procura vencer, — e vence — e que, prevendo a dor, não a teme. E a figura do homem fraco, covarde, medroso, temeroso, pessimista, que em momentos de trêmula alucinação cai morto, vencido, sem lutar, sem inimigos, e vencido. Mais categoricamente vencido do que se houvesse, de fato, lutado contra seus inimigos. E vencido junto aos seus. Profundo e vagamente, formou-se em Amelia algo disforme, mas real, que logo se desfez, mesmo antes que ela conseguisse precisar sua dimensão e sua força, mas que em sua breve existência atravessou, mesmo sem se fixar, a sua consciência. Admiração, respeito, assombro pelo homem viril e, simultaneamente, uma incipiente piedade, uma vaga pena, um pouquinho de desprezo por ele, pelo homem covarde e fraco.

Enquanto a mulher voltava para a vida na leiteria, ouvindo o viril discurso de um homem forte e são, Santana perdia o apoio e a paz. Quase desfalecendo em meio ao escritório, onde os empregados trabalhavam despreocupados dele, sem conceder-lhe a mesma atenção do dia anterior. Ou seja: vinte e quatro horas depois, a inquietude de Santana aumentou, reclamando mais solidários e compartidos consolos, esperanças e alentos, e entre os empregados aconteceu o contrário: diminuiu o interesse e a piedade.

— E aí, Santana?
— Sem notícias?
— Viu o gerente?
Perguntas de passagem, com interesse, sem emoção.
— Senhor Santana!
— O senhor González está chamando.
Santana entrou no escritório do chefe.

— Sente-se. Este... veja... senhor Santana... tenho que tratar "do seu" com o gerente. Eu já disse que farei tudo o que for possível, não há dúvida. Mas, para resolvermos bem as coisas, diga-me: se não conseguirmos nada com o doutor Ferrería... o senhor aceitaria pagar? Diga clara e francamente.

— Desde que não me demitam...
— Aceita?
— Sim, sim, claro! Mas eu não tenho cinco mil pesos, Senhor González...
— Bom... é que... veja... quanto você tem?
— Dois mil...

Santana, crendo que, neste momento, a solução definitiva, ou quase segura, seria a que o diálogo ia anunciando, ainda que somente como uma possibilidade, sentiu-se quase salvo, e encontrou ânimo para ajudar-se e salvar-se. Havia se concentrado somente na perda do emprego, isso seria uma derrota; e qualquer outra solução seria uma vitória para ele. Estava salvo, e em um ímpeto de defesa, já com assomadas ilusões e com o apoio do emprego, de repente descobriu-se defendendo seu dinheiro, por isso mentiu e disse que tinha, somente, dois mil pesos.

— Bom, volte para sua mesa... vamos ver.

O senhor González saiu do seu escritório e foi falar com o gerente.

— Ah! Sim, sim... e o doutor não respondeu?
— Doutor Santos Ferrería. Não, não respondeu.
— Eu pensei sobre isso... esperar alguns dias... esperar um pouco... se não responder, passe o assunto para o jurídico.
— Sim, esperar mais uns dias e, se não responder, passar para o jurídico. Sim, senhor! E o empregado, Santana? Sua ficha pessoal não pode ser melhor...
— Eu li...
— É o melhor, senhor, sinceramente, é um dos mais fiéis empregados da "Casa", em todos os sentidos. Acredite em

mim, senhor, eu sinto muito que isso tenha ocorrido com um empregado como o Santana.

— Sim... então resolva você, caso o doutor pagar ou não...

* * *

Sexta-feira

Dois dias depois do senhor González escutar, atentamente, o gerente, repassou as disposições do seu superior ao seu subordinado imediato, da seguinte forma:

— Sim senhor, sim; primeiro: suspender o empregado Santana por um mês; segundo: passar toda a documentação para o departamento jurídico; terceiro: fechar a conta do doutor Santos Ferrería; quarto: creditar cinco mil pesos na conta da senhorita Concepción Sánchez Ferreyra. Destes cinco mil pesos, debitar trezentos pesos do saldo de crédito da conta do doutor Ferrería, dois mil e duzentos dos "Lucros Bancários", e os dois mil e quinhentos restantes são os que deverá pagar o empregado Santana, descontando dez por cento do seu salário até que cubra... ah! E dizer ao empregado Santana que a medida tomada pelo gerente é em atenção à sua boa conduta profissional.

— Compreenda bem: o empregado Santana não paga a metade da perda, será descontado dez por cento do seu salário até cobrir o débito, como sanção. São estes dez por cento que cobriram o déficit.

* * *

— Ganhamos, graças a Deus!
— Sim? Ah! Que bom...
— Fiz tudo o que pude para te ajudar...
— Mas continuo empregado?

— Não disse que ganhamos?

— Sim, era somente para me assegurar... desculpa...

— Também não pagará de uma só vez...

— Não? Ah! Então Deus em pessoa me ajudou!

— Ficou resolvido assim: ....se não, quem sabe... de modo que pode se dar por muito satisfeito!

— Com certeza! A tranquilidade...

— Agora, seria conveniente que você... é seu dever... é que me parece, digo... que você vá agradecer ao gerente...

— Sim, senhor, sim... não vou me esquecer... com certeza! Vou imediatamente, e também ao senhor, obrigado... não sei como agradecer... obrigado... obrigado...

Riverita

Três essenciais diferenças o caracterizavam como guarda-mirim: a idade, o uniforme e o tratamento. Todos os chefes e auxiliares o chamavam Julio, Julito ou Riverita. Não era, ainda, o "senhor Rivera", mas cumpria poucas funções como guarda-mirim, e isso porque tinha como chefe o senhor Torres, que sentia um voluptuoso, quase sensual, desejo de dar ordens, de todos os tipos, e ser obedecido, com amor ou sem ele.

Era guarda-mirim, sim, e ganhava o menor salário de todos os rapazes uniformizados. Com exceção do senhor Torres, nenhum chefe se atrevia a ocupar os seus serviços. Outro detalhe sugestivo, a respeito disso, era que ele não dependia do Administrador Geral, e "fazia os livros", realizando trabalho de auxiliar.

O senhor Gonzáles havia prometido, "tirar-lhe" o uniforme em agosto ou setembro, mas Julito não recebeu esta notícia com muito entusiasmo, como era de se esperar, considerando-se que tal troca de vestimenta indicava uma promoção e, levava a crer, um iminente aumento de salário.

O uniforme tinha algo inferior, para não dizer humilhante. Porteiros, soldados, peões, motoristas e guardas-mirins constituíam o corpo uniformizado. Ao sair Julito, logo outro seria incorporado ao grupo, o dos auxiliares. (Havia outra série de uniformizados também: as vendedoras e os chefes de vendas usavam uniformes. Elas deviam usar salto alto, meias de musselina de seda, saia curta a tantos centímetros do chão, blazer escuro e colarinho branco virado para cima, que naquela época dizia-se "colarinho Médicis". Já eles eram obrigados a vestir uma jaqueta escura durante as horas de venda).

   A verdade é que o uniforme ficava muito bem em Julito, e ele sabia usá-lo com graça e cuidá-lo com amor. O boné encasquetado até quase as sobrancelhas, a jaquetinha devidamente ajustada, sem essas rugas que costumam abrir em leque nas mangas, na altura do cotovelo. Esta vestimenta tinha peito duplo, sobre o qual corriam botões dourados, em três fileiras, que iam seguindo a curvatura do peito, aproximando-se entre si, e arrematando na adentrada cintura. No colarinho, que ficava sobre um fundo verde de pano, estava o monograma dourado da Casa: (um) "OD" circundado por uns raminhos de quem sabe o quê. Do colarinho sempre engomado e branco, branco e limpo como os punhos da camisa, emergia um centímetro das mangas do paletó. As calças eram rígidas e enérgicas, como se houvesse chumbo em suas listras. Seguramente eram passadas todas as noites, ou ele mesmo as passava. Sempre usava sapatos, e sempre com um lustro reluzente. O salto alto o fazia caminhar com um certo barulhinho, uma certa energia, um certo ritmo.

   Julito era alto para a sua idade, conservava uma postura gentil e de corretas proporções, apesar de estar em período de crescimento, quando as proporções do corpo do adolescente ficam ridículas.

   Os olhos pequenos estavam sempre metidos e resguardados abaixo da viseira, o que os deixava ainda mais negros. Tinha ali, nos olhos pequenos e inquietos, uma permanente curiosidade ávida, e nos lábios brincava um sorriso.

   Era inteligente e trabalhador, o que explicava sua situação privilegiada. Ativo, compreensivo e paciente. Pouco a pouco reduziram seus trabalhos de guarda-mirim e chegou a "fazer livros": de Estoque e de Pedidos; de pouco movimento, o primeiro, e fácil o segundo.

Trazia para o escritório, todos os dias, novelas românticas, policiais ou revistas de aventuras. Era leitor assíduo e viciado em Tit Bitz.[1] Lia no escritório, lia em casa, na rua, no trem. Aprendia as cantigas e as canções das cantoras espanholas, e a letra dos tangos da moda, e os cantava.

Sentava-se em uma banqueta, pegava seu folhetim ou revista, apoiava o busto em um canto da mesa, depositava sua testa nas mãos e mergulhava na maravilhosa leitura. Uma vez, o senhor González proibiu tão dileto prazer. Riverita, passados alguns dias de nervoso, andar solto e desocupado, havia encontrado uma solução. Sentava-se na sua banqueta, pegava uma caneta com a mão esquerda e, na direita, conservava o pano de limpar plumas. Permanecia longos, longos minutos em uma atitude de espera, em uma atitude permanente de dispor-se a limpar plumas, mas não limpava. Sua vista, laboriosa e voraz, caía dentro da gaveta da mesa, aberta uns dez ou quinze centímetros. Se o senhor Torres ou o senhor González entrassem subitamente no escritório, Julito simplesmente aproximava suas mãos e limpava, tranquilamente, a pluma, colocava o pano dentro da gaveta e a fechava, "continuando a escrever".

Dentro da entreaberta gaveta, estava o último número de uma novela policial, e assim lia Julito.

No Almoxarifado, Rillo absorvia nossa atenção: o escritório era seu. Rillo era um personagem absorvente; ele havia dado ao escritório caráter e personalidade. Sua tagarelice inundava a sala, sua vociferação era, às vezes, tão robusta, tão gráfica, que pareciam objetos que se chocavam contra as ilusórias paredes. Romeu e eu, que já o conhecíamos bem, o contradizíamos para inflamá-lo e deixá-lo arder. Julito, se não estava lendo, concentrava toda sua atenção nas palavras de Rillo, e as comentava com repentinas gargalhadas que o faziam mover-se como

---

[1] Revista semanal britânica fundada por George Newnes, pai do jornalismo popular, em 1881. (N.T.)

um fantoche. Este escritório, quando esteve a cargo de Rillo, chamava-se "República do Almoxarifado".

Uma vez, o senhor Gonzáles determinou a revisão do livro de "Estoque da Contadoria", e me encarregou de tal tarefa, dizendo-me, entre outras coisas, que Julito me acompanharia como ajudante, sob as minhas ordens, para tudo o que fosse necessário.

— Pode começar pela sala grande (Contadoria). Seria conveniente que trabalhasse das seis à meia-noite. Seria possível? Assim, não atrapalha os empregados, e nem eles a você. Pelo menos você terá quatro horas tranquilas.

— Sim, senhor!

— Veja, te recomendo... É para fazer umas retiradas... te recomendo muita clareza... não economize detalhes de quantidade, estado, marca, uso, data. Veja, é melhor que passe mais tarde pela minha sala, que te direi o que quero que faça... Julio?

— Senhor Gonzáles!

(Calma, Julito...)

— Fique às ordens do senhor Lagos.

— Sim senhor.

O senhor González se retirou e Riverita coloca-se militarmente, e faz uma reverência com os dedos da mão, rígidos e abertos, como os raios de uma roda e, sorrindo, assinala:

— Meu chefe, ordene!

* * *

Em dois dias eu descobri que poderia terminar meu trabalho em duas semanas. Mas o prolongaria por um mês, que era o tempo calculado pelo senhor González. Assim, trabalharia vagarosa e tranquilamente.

Julito subia na escada de mão e pegava, das estantes, livros, caixas, recipientes e me "cantava":

— Oito, nove, dez, onze... onze fichários "Hélios" tipo seis. Cinco em mal estado... em quatro não funcionam a mola. Epa!

Já anotou quatro? Devem ser cinco, porque este também está quebrado.

— Julito, não precisa dizer mais, vamos descansar.

— Quem manda é você! Quanto antes terminarmos, melhor... eu acho!

— Pior, Julito, pior. Teremos que voltar para o escritório e ali são de nove a onze horas de trabalho. Aqui, trabalhamos por seis horas tranquilamente... e sem chefes! Sem chefes! Julio, sem chefes! Compreende?

Todos os dias, por duas ou três horas, Julito me "cantava" e eu anotava. Divertia-se com o trabalho.

— Atenção! Uns formulários 45. Como eram estes formulários antes? Não haviam trocado? Seis formulários 45... anotou?

— Chega, não precisa mais...

— Já terminamos hoje?

— Por hoje, sim.

— Mas faltam quatro horas!

Descia da escada e aproximava-se da minha mesa para observar o trabalho realizado.

— Quatro folhas, apenas...

— Já está bom demais...

Então, conversávamos um pouco e, depois, líamos:

— Como o senhor fuma, senhor Lagos...

Estávamos em pleno verão. Ligamos os ventiladores e nos deixamos golpear pelo vento gritante, que saía da boca aberta do aparelho.

Eu tirava o paletó e levantava as mangas da camisa até os cotovelos.

— São de ouro essas abotoaduras?

— De ouro? Se fossem, já estariam empenhadas...

Julito tirou o boné.

— Também vou tirar minha jaqueta. Não sei como aguentei.

Eu lia algum livro e, Julito, revistas policiais.

— O senhor lê em Francês?

— Um "pequeno pouco",[2] tal como se diz em francês.

Uma noite, o ar da sala estava muito quente e o suor me deixava nervoso. Eu não sei de onde saíram tantos insetos. Formou-se uma nuvem, circundando a lâmpada. Uma multidão de insetos, que batiam as asas e zumbiam. Chocavam-se contra a lâmpada e produziam um barulhinho pequeno e seco, como quando se abrem fendas nas vagens, e caíam sobre as planilhas dos livros abertos. Os mais incômodos eram os que passeavam pelos meus braços e pescoço, e havia os que se metiam entre meus cabelos. Somente o movimento maquinal da mão não os espantava, era necessário pegá-los e atirá-los para longe, ou ao chão.

Isso me distraía tanto que, por fim, renunciei à leitura.

Percebi, então, as manobras de Julito, sentado a quatro metros da minha mesa. Afastava a luminária da mesa, e fazia sombra sobre a revista que lia; quando a aproximava, novamente, os insetos não o deixavam tranquilo. De repente, fechou a revista e olhou com persistência para seu braço esquerdo, onde, provavelmente, uma manchinha verde havia pousado, e com a palma da mão, golpeou o braço para esmagar o inimigo.

— Não te deixam ler?

Ele aproximou sua cadeira da minha e começamos a conversar.

— Que calor...

Ele secou o suor da testa com os dedos abertos em leque, e penteou os cabelos para trás.

— Ei! Que cabelo lindo...

— Lindo? Verdade?

— É claro que sim...

Julito colocou-se diante do ventilador que soprava o vento grosseiramente, e isso o despenteou. Os cabelos levantaram-se, e persistiram flutuando no ar, numa perpétua atitude de escape. Julito sorria ao receber a carícia do vento. O vento entrava por

---

[2] Referência à expressão francesa: *Un petit peu*. (N.E.)

suas roupas, inflando sua camisa e fazendo-a palpitar, como um coração alegre.

— Eu cuido muito do meu cabelo e também adoro perfumes, mas não uso muito, porque faz cair o cabelo. Você sabia? E você gosta?

— Gosto.

— De todos os que conheço, meu preferido é o *Indian Hay*, da Atkinsons.[3] Conhece?

— Eu conheço água de colônia, água corrente e água com permanganato...

— Eu também... água da torneira é a minha preferida, por isso tenho o cabelo tão sedoso. É sedoso. Veja. Toque... toque...

Aproximou-se de mim e eu tomei uma mecha entre meus dedos.

— Sedoso mesmo... lindo, seu cabelo.

Ele sorria.

— Cuide mesmo. Quando você for mais velho, as mulheres vão querer brincar com essa mata de cabelos... se não caírem antes, claro! As mulheres gostam de ficar horas acariciando os cabelos. Da boca elas gostam com mais vontade, com mais força, com mais intensidade.... Mas... como te direi isso? .... dos cabelos elas gostam por mais tempo. É isso! Mais tempo. Da boca elas se cansam, enjoam, mas, dos cabelos, não! Eu tive uma namorada, Esther, imagina! Fazia-me colocar a cabeça em seu colo e me penteava! Mas... o que eu estou dizendo!

— Conte, conte... me interessa. Conte!

— Não, ei! Acabou...

— Conte, Lagos, é muito interessante!

Eu estava sentado, comodamente, em uma cadeira giratória e, para minha maior comodidade e deleite, tinha os pés sobre a mesa, em uma postura descarada. Julito, rapidamente,

---

[3] Athinsons, marca britânica e uma das mais antigas casas de perfumes, fundada em 1799. (N.T.)

sentou-se em um canto do móvel, quase tocando meus sapatos. Levantou um pouco as calças, para evitar as marcas nos joelhos, mostrando, assim, suas finas meias de musselina de seda. Cruzou os braços e insistiu:

— Conte, Lagos, vai!

— Mas que cuidado com sua roupa!

— Conta o que ia dizer, não seja mau!

E inclinou-se na minha direção para escutar:

— Conte de uma vez, vai!

Então, eu contei meus amores, fazendo meus relatos mais interessantes e pitorescos, com o aporte da minha rica imaginação, que enfeitava com acontecimentos saborosos, e falsos, a sucinta vida sentimental de alguém.

Julito acreditava em tudo o que eu contava. Abria tamanhos olhos. Parecia escutar-me pelos olhos.

— E ela se suicidou?

— Que nada! No ano seguinte já estava casada com um empregado da Bunge e Born.[4]

— Mas ela não disse que ia se suicidar?

— Disse... repetiu isso várias vezes. Mas as mulheres sempre mentem!

— Mas tem algumas que se suicidam de verdade.

— Não acredite... elas brincam com a morte.

— Como?

Continuamos conversando sobre isso, até que ele me pediu que lhe contasse...

E, bem: eu contei! Afinal, algum dia ele teria que saber. Riverita estava excitado, e eu até pensei em encobrir com a sombra do silêncio, ou com os bastidores da mentira, as verdadeiras paisagens do amor sexual, mas depois decidi descortinar todos os véus, para que aquele belo rapaz de quinze anos,

---

[4] Grupo econômico argentino que durante o século XX foi considerado o mais influente e poderoso do país. (N.T.)

soubesse como são as coisas e não fosse, amanhã, surpreendido pela ignorância.

— Então... você não sabia nada destas coisas?

Não, não sabia. Ignorava-as. Tinha uma vaga ideia, a intuição vital do fenômeno fisiológico, nada mais. E calava-se, para não se tornar alvo de desdenhosas e intermináveis gargalhadas e piadas.

— E....nunca.... Ah! Sim, uma vez.... aconteceu...

— Uma vez aconteceu o quê?

— Uma aventura.... Mas você vai rir!

— Não, diga. Não vou rir. Eu também tive a sua idade. Diga!

— Não! Você vai rir.

— Você quer me contar? Então diga logo e pronto!

— Bom, mas não vai rir! Uma vez... faz mais de um ano.... Você não vai rir, né?

— Uffff....

— O quê?

— Conta logo....

— Bem.... Eu era guarda-mirim do setor de roupas íntimas e, uma vez, me mandaram levar uma encomenda em uma casa perto do Teatro Coliseo... Me pediram para esperar em uma sala grande, elegante, com altos jarros, tapeçarias, piano.... Bem, eu me sentei e esperei. Veio uma mulher.... Agora eu não me lembro bem da fisionomia dela, se era bonita ou feia, jovem ou velha. Apenas me lembro que vestia um penhoar japonês, e que veio com um cachorrinho branco e peludo. Eu não me lembro, mas agora tenho a impressão de que não era feia. Não sei....

Julito se concentrava em suas lembranças. De onde havia escapado aquele sorriso fresco e permanente? Eu o via fazer esforços para penetrar naquilo que havia acontecido, situar-se no tempo e no espaço, e apreender as pessoas, as coisas, os gestos, as palavras. Contava, sinceramente, a história autêntica. Quando não podia precisar uma frase, um movimento, uma figura, fechava os olhos, detinha por um momento sua narrativa, depois continuava com inúmeros: "acho que...", "não sei...", "parece que..."

— A mulher me pediu para sentar, pois eu havia levantado quando ela entrou, e não me lembro bem das palavras, mas me perguntou quantos anos eu tinha, quanto eu ganhava e se ia para a escola. Depois me disse se queria trabalhar para ela. Eu não sabia o que dizer. Agora, não sei o que respondi. Acho que não respondi nada sobre o que ela me perguntou. Parece que lhe disse, apenas, que havia trazido uma encomenda.... Sim, porque ela abriu a caixa, me disse que estava correto e assinou o comprovante. Eu já estava indo embora, porque já estava ficando tarde, mas ela me fez sentar novamente. Não tem graça isso que estou te contando?

— É muito interessante. Continue!

— Ela me serviu um licor, eu não queria, mas tive que tomar. Para tomar o licor eu me levantei, mas a mulher colocou a mão no meu ombro e me fez sentar. Ela se sentou ao meu lado e começou a falar, mas não me lembro o que disse, porque eu estava pensando em outras coisas. Eu não me dei conta do que ela queria, nem do que dizia, muito menos do que estava acontecendo, porque eu só pensava no meu chefe, que estava tarde e que eu estava com um pouco de medo.... Eu não sabia por que, mas tinha medo. A mulher me ofereceu uma nota de dez pesos, eu não queria, mas peguei rápido para acabar de uma vez. Ela me perguntou se eu queria beijá-la e, então, eu comecei a chorar.

— Quantos anos você tem?

— Vou fazer 16 em março; em 08 de março.

— Caramba! Eu, na sua idade.... Bom, então você não entendeu nada?

— Não. Fiquei intrigado por algum tempo, mas, depois, fui me esquecendo.

— Você é muito ingênuo. Essa mulher se apaixonou, repentinamente, por você.

— Mas eu poderia ser seu filho!

— Seu neto.... Tanto faz! O que me assombra é que você não se deu conta...

— É... Eu era infantil.... Agora mesmo, se você não me explicasse, eu não saberia. Mas, mudando de assunto, você prometeu me levar-me a uma dessas casas.... De mulheres....

— Sim, sim, amanhã ou depois. Vamos com o Romeu. Mas você nunca esteve, mesmo, a sós, com uma mulher?

— Já disse que não.

— Bem, então vou falar com Romeu e vamos. No caminho te daremos todas as instruções.

Fazia-me perguntas sem lógica alguma, e outras reveladoras da sua sutil intuição, ou de uma ingenuidade infantil. De repente, saltou a faísca de uma pergunta. Ingênuo ou malicioso?

— Com certeza alguma irá me querer, porque eu não sou feio, não é verdade? Veja: eu estou bem formado e, não é por dizer, mas sou um belo rapaz. Tenho uma pele fina. Veja! Toque, veja, toque, Lagos!

Eu, francamente, tive que rir. Disse-me: "toque", com tanta ingenuidade, que eu sorrindo, ante sua insistência, tive que passar a ponta dos dedos por sua face. Ele sorriu e me olhou docemente, nos olhos, com inocência e confiança. Para que eu tocasse, mais uma vez, sua pele, inclinou-se na minha direção.

— As mulheres vão gostar de me beijar....

Não sei que relâmpago cruzou minha mente. Movido por um impulso potente e inexplicável, desferi-lhe um soco tão violento e inesperado, que Julito caiu ao chão.

— Sua vaidade é um insulto.

Ele se levantou, sem lamentar.

— Desculpe-me, Julito. É melhor voltarmos ao trabalho. Suba na escada e continue "cantando".

E, assim, continuamos trabalhando.

No dia seguinte pedimos, individualmente, que ele fosse substituído.

Um

A queda
Talvez o homem caminhasse apressado. O barulho da rua central, naquela hora do dia, o impedia de ouvir o ruído seco do salto militar contra as pedras, mas, certamente, caminhava de forma normal: assenta, primeiro, o salto de um pé no solo e, depois, a planta, em seguida, efetua uma pressão muscular e alça o salto, todo o peso do corpo pressiona a planta do pé, depois os dedos. Enquanto um pé é suspenso, o outro que está na iminência de sê-lo, avança uns quinze ou vinte centímetros. O tórax e a cabeça acompanham o avanço, e toda sua estrutura corporal cumpre uma postura de maneira fácil e, até, harmoniosa. Agora, assenta o outro pé no solo.

O caminhar deste homem é normal, caminha assim há vinte, trinta anos.

Há um ritmo no seu caminhar.

Mas, então, o homem assenta o salto de sua bota sobre uma casca de fruta. Não se produz o pequeno ruído seco do salto contra a pedra; ouve-se, melhor, um chiado um tanto apagado, mas sibilante e, em seguida, percebe-se com nitidez o golpe da massa humana contra o solo. O escorregão, rápido e traiçoeiro, o faz perder a linha, a medida, o ritmo, a harmonia. Ao cair, o homem move seus braços como um fantoche.

O homem agora está no chão. Tem imediata e instantaneamente a visão do ridículo, antes da percepção da dor física; isso explica a coloração sanguínea que pinta suas bochechas. O homem sente o ardor da lesão, mas a breve intensidade da dor desaparece, persistindo apenas, na região do golpe, um intenso formigamento. O homem se levanta e tem entre seus lábios, entreabertos, uma blasfêmia de subúrbio; sacode o pó da roupa e continua caminhando novamente.

Você acha que antes de começar a andar novamente, ele teria jogado na rua a casca de fruta, origem e ocasião de sua queda?

Não.

E lá está ela, no meio da calçada, atenta e vigilante, à espreita de um transeunte, à espera de uma nova vítima, a casca de fruta.

O homem

O homem, a uns vinte passos, diminui a velocidade da sua marcha. Com algum cuidado, agora, assenta no solo o seu pé direito. Mas o hábito de caminhar apressadamente e o temor de perder tempo o obrigam a apressar o passo. Não quer se atrasar para chegar ao escritório. A dor no joelho é irritante e incômoda, quando caminha rápido. Não quer dar atenção à dor. Ignora a dor física e caminha, apressadamente.

Entra no escritório.

Felizmente não chegou atrasado...

No escritório

Está sentado, manuseando grossos livros de contas correntes. Todas as vezes que tem que caminhar dentro do escritório — dois passos, cinco metros —, o formigamento no joelho se acentua. Renuncia a algumas diligências. Conclui suas tarefas diárias e sai para a rua. Agora, caminha sem pressa.

Dirige-se para a avenida, cruza o asfalto espelhado e desce as escadas do metrô.

A serpente de madeira e vidro chega. O homem entra em seu ventre. Arranca, rangendo, o barulhento comboio que leva uma móvel massa inquieta e negra.

Meia hora depois, o homem salta do trem e está, novamente, na rua. Não quer, não quer dar ouvidos à dor no joelho. Não quer dar ouvidos, mas caminha sem pressa.

Dobra uma esquina.

Apoia-se em uma parede. Aguarda uns minutos. Chega à sua casa.

O médico

No dia seguinte, o homem não vai ao escritório. A dor é mais intensa. Sua mulher lhe faz massagens e aplica-lhe tintura de iodo. Durante a noite, a dor continuou e inchou "assim"; a mulher lhe coloca um emplastro quente: enxofre, azeite e umas folhas.

O homem não consegue dormir. A mulher acorda várias vezes durante a noite e pergunta, invariavelmente:

— Continua doendo?

Amanhece.

O homem avisa que não consegue levantar-se da cama.

A mulher, então, sai para cumprir duas diligências: primeiro, — sem dúvida — ligar para o chefe do escritório — avenida 7376. Segundo: buscar um médico.

O médico chega. Abre em ângulo o indicador e o polegar de sua mão esquerda, aplicando-os no joelho, ao lado da rótula e, com o dedo da outra mão, dá pequenos golpes dentro deste ângulo. Movimenta a articulação com cuidado e atenção, tentando perceber algum mau jogo. Pressiona sobre a rótula, pressiona aqui, ali...

— Assim dói?

Por fim, o médico diz:

— Levará algum tempo.

Recomenda massagens, massagens, massagens. E repouso. Fazer o quê? Saúde em primeiro lugar, depois o trabalho.

O hospital
Passados alguns dias, o paciente não melhorou.
O médico diz:
— Tem que fazer um raio X para vermos. Já machucou este joelho antes?
Como o doente não dispõe de muito dinheiro, a mulher insiste, perseverante, e obtém, grátis, o raio X para seu marido.
Tem que ser no Hospital Rawson, para cujo diretor era a recomendação.
Em atenção aos seus doze anos de serviço contínuo e fiel, a "Casa" concede, ao homem, mais quinze dias de licença. Outros quinze dias porque, precisamente, na época do acidente, acabara de terminar seu período de férias anual.
Depois, a "Casa", levando em conta, sempre, os doze anos de serviço, a conduta e a luxação sofrida pelo homem, concede-lhe um mês, depois outro... mas sem salário...
Ao final dos três meses, o casal já não tinha mais dinheiro. Remédios, médicos, táxi para ir ao hospital...
Conseguiram, no hospital, remédios e médicos, grátis.
O homem tinha que ir ao hospital às segundas, quartas e sextas. Tinha que ir de táxi, que sempre lhe custavam *2.70* ou *2.80*.

Os recursos dos pobres
Já não tinham mais dinheiro, pediram emprestado, mas este recurso não deu mais resultados. Quais outros recursos restavam? Recorreram a penhoras e vendas. Penhoraram coisas; pouco a pouco, os dois cômodos do casal iam se desnudando. A toalha de mesa da sala de jantar, presente de um tio rico de Rosario — útil como tolha de mesa e, nos dias de inverno rigoroso, útil, utilíssima, na cama, cumprindo as funções de colcha —, a toalha foi penhorada. Também a mesa seguiu o triste caminho. A cama do filho que havia morrido no ano passado, a venderam. Penhoraram ou venderam quase tudo.

A mulher não era romântica, nem tinha ilusões. O homem era mais fraco de espírito. No entanto, apesar do seu senso de realidade, foi ela quem não quis vender o colchão.

— Não faltava mais nada! — dizia.

Já não tinham mais nada, então a mulher conseguiu para o marido um leito permanente no quarto 8 do Hospital Rawson, e ia visitá-lo quase todos os dias.

Saia de sua casa, caminhava longos quarteirões, chegava ao hospital, abria suas amplas portas, caminhava pelo corredor central dando bom dia a todos os internos e se detinha no leito 21. Depositava um pacote aos pés da cama.

Não se cumprimentavam, marido e mulher. Não estavam acostumados a cumprimentar-se:

— O que trouxe?

Às vezes não a deixavam entrar, ou ela simplesmente não ia, para fazer outras coisas, e então o marido, impaciente, perguntava ao enfermeiro:

— Ramón, minha "patroa" não veio hoje?

A mulher

A mulher lavava de manhã até a noite, mas o resultado financeiro deste prolongado esforço era curto para as necessidades.

Um dia, a mulher foi falar com o "líder radical"[1] do bairro.

— Doutor, por favor, o senhor tem tantas relações, veja se consegue algumas famílias para eu lavar suas roupas. Meu marido é radical, sabe? Sempre foi radical.

Ela sozinha, sem homens, sem carregadores, sozinha, mudou-se para um quarto menor, em um populoso cortiço. Que prodígio de mulher!

---

[1] Denominação dada aos integrantes da UCR (Unión Cívica Radical), partido político argentino fundado em junho de 1891. A UCR foi responsável por introduzir na política Argentina uma corrente ideológica denominada "radicalismo". (N.T.)

A corajosa mulher colocou o colchão sobre o ombro, e andou com ele por nove quarteirões. Voltou, pegou o estrado da cama. O estrado deu mais trabalho. Voltou. Pegou as madeiras da cama... E assim foi durante toda a manhã.

E o homem sem se curar! Que diabos tinha no joelho? Ah! Com certeza já havia ferido antes.

Passados seis meses, queriam despejá-la do cortiço, mas ela era hábil nos ardis da justiça. Faltava às audiências, prometia que ia pagar tal dia, tal hora, com absoluta certeza, — e fazia com os dedos uma cruz sobre os lábios — ou chorava suas misérias ao juiz.

Um dia, pediu emprestado a uma mulher seu bebê, e foi com ele à audiência!

— Como quer, senhor juiz, que eu tenha leite para o meu filhinho, com tanta miséria? Meu marido está no Hospital Rawson, e vão amputar sua perna...

Ela sabia que ao juiz incomodavam os gemidos de miséria e de dor, então contava ao juiz suas misérias e todas as suas dores, e chorava, e pedia para sentar-se porque — dizia — "tenho um reumatismo articular que..."

Sua astúcia sempre descobria outros recursos, e os empregava.

— Meu marido é radical. O doutor do Comitê o conhece. Sempre foi radical. Vota sempre nos radicais... e faz propaganda deles no escritório...

Uma vez, foi conversar com o chefe no escritório:

— A única coisa que a "Casa" pode fazer, em atenção ao seu marido, é reservar-lhe a vaga. É a única coisa! Tenha certeza, senhora, quando sarar, ele volta...

Mas a mulher não queira palavras nem promessas:

— Só cem pesos, cinquenta, senhor!

— Mas, compreenda senhora...

Tanto e tanto pediu, tanto e tanto insistiu que, por fim, obteve algo: fariam uma coleta entre os empregados.

Apesar disso, a mulher se retirou com raiva.

"Ainda bem que não temos filhos", pensava, enquanto caminhava pela rua que a conduzia até a pocilga vazia onde vivia.

"Ainda bem que não temos filhos", seguia pensando, enquanto colocava suas mãos masculinas na tina do tanque de lavar roupas. E golpeava as roupas na tábua. E esfregava com uma escova, procedimento que esgarçava certos tipos de tecido.

Lavava à noite, também o que lhe roubava horas de sono.

Chegou o inverno. Castigo dos pobres. O pior dos invernos. Dias e noites de frio. Dias e noites de chuva. Deixou de lavar à noite. Já não usava água quente. Não tinha carvão.

Era uma mulher robusta, forte e tinha fé na sua intensa saúde.

Por isso não temeu, apenas se irritava, simplesmente, com uma tosse ácida e áspera que persistia, teimosa, e não passava.

— Já vai passar. Como veio, irá.

Depois da tosse percebeu, também, um certo cansaço muscular que endurecia seus braços ou os anulava, em desgraça e abandono. Sentia a vontade simples de se deitar e descansar de qualquer esforço. Como podia ser assim agora, logo agora?

— Oh! Não, não pode ser. Não é nada.

* * *

Porém...

Como esta manhã as vizinhas não a viram lavando roupas, entraram em seu quarto. Uma após a outra, todas as vizinhas entraram em seu quarto.

A mulher, deitada na cama, tremia e tinha a pele quente.

— Tem febre.

O encarregado do cortiço disse que deixassem com ele, ele resolveria.

De fato, no dia seguinte, veio uma carroça onde colocaram a mulher.

A carroça seguiu pela Rivadavia até a Onze, virou na Urquiza e se deteve na porta do Hospital Ramos Mejía.

Toulet

Toulet, o francês Toulet não era francês, mas argentino, e mais argentino que muitos, — dizia ele — como foram também seus pais e seus quatro avós. Seu bisavô era francês. Por volta dos primeiros anos da revolução, havia chegado ao país, mas, apesar das lutas, morreu pobre e não "fizeram" dinheiro, nem esse bisavô, nem outro ascendente qualquer deste Toulet de agora, que se envaidecia de um avô que, na época de Rosas,[1] foi "representante" da Legislatura.

Este Gustavo Toulet que estava na Contadoria da "Casa" Olmos e Daniels há 4 anos, ganhando, agora, cento e cinquenta pesos por mês, era, para todos, o "francês Toulet", por sua afeição em contar coisas da França e dizer que falava francês. Talvez fosse verdade que sabia francês. Era casado, tinha esposa e filhos, e vivia miseravelmente. Estava sempre sujo e desalinhado, nem sequer lustrava os sapatos — o que não custava dinheiro algum —, nem sequer os limpava, de modo que estavam sempre sujos de barro seco e pó acumulado nas pregas do couro. Usava a mesma camisa a semana toda. Usava camisas com colarinho de tecido ordinário, que sua própria mulher lavava e passava, muito mal, tanto que Toulet nunca dava a impressão visual de limpeza, de roupa nova, de colarinho limpo.

---

[1] General Juan Manuel de Rosas, que controlou o poder político na Argentina durante a primeira metade do século XIX. Este período é conhecido como a "Época de Rosas". (N.T.)

Era alto, magro e tinha a cabeça pequena em todos os sentidos.

Toulet, tão insignificante, tão miserável, tão humilhado, interessava-se, diariamente, por assuntos e problemas da atualidade. Universais, nacionais, transcendentais e, ainda, por questões bastante abstratas e amplas, desde que estas questões fossem tratadas pelos jornais em duas ou três colunas, ou, ainda, repetidamente: orçamento, circulação fiduciária, a doença do rei da Dinamarca, a queda do gabinete de Briand...

Era conservador, não por interesse, nem por convicção, mas por constituição orgânica e espiritual. Nasceu com a cabeça assim, pequena e respeitando as instituições e os princípios conservadores. Só que sua adesão e fidelidade a estes princípios e instituições constituíam, em Toulet, quase um prazer. Era capaz de ficar doente se, algum dia, alguém lhe tirasse os jornais conservadores, defensores da propriedade, dos símbolos, da moral convencional... Eram estes jornais que fortaleciam as opiniões de Toulet!

— Oh! Doutor Matienzo,[2] grande constitucionalista!

Toulet dizia assim, porque estava convencido de que o doutor Matienzo era um grande constitucionalista.

Nunca omitia os títulos que valoravam, descomunalmente, seus possuidores: "o deputado nacional doutor Alfredo González Frugani". Fetichismo orgânico, por isso se assombrava, ingênua e sinceramente, quando Romeu lhe dizia: "nem tudo o que reluz é ouro", e que alguém podia ser doutor, deputado nacional, bispo, marquês, e, ao mesmo tempo, ser um bruto, miserável e ignorante.

Então, em suas réplicas sinceras, Toulet apelava para a grosseria e o agravo pessoal.

---

[2] José Nicolás Matienzo, juiz e acadêmico argentino, durante o governo de José Figueroa Alcorta (1906–1910), foi responsável pelo antigo Departamento Nacional de Trabalho, atual Ministério do Trabalho argentino. (N.T.)

— Se é doutor e deputado nacional, não pode ser um pobre coitado. Mais inteligente que nós ele é, com certeza!

Outra vez, respondeu a uma objeção de Romeu, assim:

— Mas você se acha melhor que o deputado Esquivel? Quem é você para criticá-lo? Você queria ser ele!

A irreverência dos esquerdistas o escandalizava. Algumas vezes, deixava de responder a Romeu porque sentia pena de sua ignorância, de sua incompreensão, de sua incredulidade. Sentia pena desse rapaz, desse pobre e insignificante rapaz, que não se dava conta do que significava ser um deputado nacional.

— Mas, escute-me, homem, escute-me! Se um ladrão e um assassino — dizia Romeu —, se um homem ladrão e assassino, mesquinho, parricida, manco, analfabeto, disser que o leite é branco, está dizendo a verdade. Mas se disser que é negro, é mentira! Não se trata de quem diz, mas o que diz!

— E o que você quer dizer com isso?

— Ninguém te convence — replicava Romeu, que depois comentava com Lagos: — Não se pode discutir com Toulet. Alguém o ataca, destruindo todos os seus argumentos completamente e, mesmo assim, ele começa, novamente, a lançar um por um os mesmos argumentos. Ou não entende, ou sei lá!

— É que — contestava Lagos — tem um espírito muito simplista, elementar, grosseiro. O curioso é que tenho fé na honestidade de Toulet. É honesto à sua maneira. Seria incapaz de sacrificar alguém em benefício próprio. Incapaz de uma ação para prejudicar alguém. Quero dizer, é incapaz de brigar com alguém, roubá-lo ou de fazer-lhe algum dano, porque fazer mal significa, para ele, um sacrifício do seu modo de ser, dos seus sentimentos, das suas ideias, que valem mais, que ele respeita mais do que a conveniência obtida por uma má ação.

* * *

Os vizinhos imediatos de Toulet na Contadoria eram: à sua direita, Acuña, e à sua esquerda, Fernández Guerrero, seguido de outros.

Acuña não costumava prolongar as discussões.

— Você tem razão, francês, tem razão.

Fernández Guerrero concordava, constantemente, com as opiniões de Toulet e este, em troca, sempre apoiava as teses de Fernández Guerrero.

Fernández Guerrero!

Chamava-se Juan Antonio Fernández Guerrero. Não gostava que o chamassem Fernández, assim, sem o Guerrero. Incomodava-o um pouco a vulgaridade desse sobrenome: Fernández!

— Uma vez — agora falava Gainza —, passava pela avenida um grupo fantasiado, porque era carnaval, como todos vocês, tão inteligentes, sabem muito bem. Bem, eu vi, entre os foliões, um rapaz do meu bairro, um amigo do bairro, e o chamei: "Ei, Fernández!". Todos me olharam. Todos se chamavam Fernández!

Juan Antonio Fernández Guerrero. Como era muito comprido, os empregados o reduziram a Guerrero. Este sobrenome composto tem longos e brilhantes feitos na história do país. Um avô foi companheiro de Sarmiento[3] em... Outro avô era governador em San Juan quando... Indo mais adiante, encontramos um ascendente que esteve com Pueyrredón[4] quando... e outro ascendente que ia às tertúlias de Álzaga.[5] Agora, os Fernández Guerrero se resumem em políticos ou

---

[3] Domingo Faustino Sarmiento, presidente da Argentina dentre 1868 a 1874. (N.T.)

[4] José Martín de Pueyrredón, general argentino que participou do movimento da independência (Revolução de Maio, 1810). (N.T.)

[5] Martín Álzaga, político espanhol que teve importante atuação na Argentina, em especial, na expulsão dos invasores ingleses. (N.T.)

frequentadores de clubes. No Congresso há um Fernández Guerrero, e outro que é dono de um haras, outro que é casado com a prima daquele que foi ministro da guerra, o general...

O próprio Juan Antonio é muito ativo na sociedade, e se não é membro do Clube Progresso, é porque agora aceitam qualquer um ali. Esteve recentemente, para não me alongar mais, na recepção de Arzeno Brothiers,[6] e dançou com María Mercedes, a segunda filha do governador de ... Quintas-feiras são dias de recepção em sua casa.

Por que trabalhava no escritório? Para não ficar sem fazer nada. Não se dava bem com os estudos. Tentou ingressar na escola militar, mas por um problema de visão não foi aceito, e como não buscou recomendações... Tem um irmão médico e outro advogado. Ele não quis estudar, então o empregaram. Claro que seu salário no escritório não era suficiente para ele viver. Mas não pagava comida, nem aluguel, se vestia no alfaiate que vestia seus irmãos e eles pagavam a conta comum, e as cotas do clube de regatas, e muitas outras contas, eram pagas pelos irmãos e pela mãe. O que ele pagava com seu salário eram suas gravatas, os drinques e o táxi.

Por outro lado, Borda Aguirre, que é descendente de um valoroso, mas analfabeto, general da independência, é absolutamente pobre. Borda e Guerrero têm semelhanças curiosas. Ambos leem o jornal e, quando acontece algo no mundo, cada um conhece os protagonistas e lembra que "é sobrinho de..."; "esse Toto[7] esteve comigo no Nacional..."; "esse Cholo,[8] uma vez, em El Salvador..." Sempre lembram que em família ou entre amigos o chamam de... um diminutivo qualquer: Cachito, Linito, Perito. "Com Cachito, precisamente, uma vez..."

---

[6] Mantida grafia do original. (N.T.)
[7] Apelido de Hector. (N.T.)
[8] Segundo a definição da Real Academia Espanhola, mestiço de sangue europeu e indígena. (N.T.)

Guerrero e Toulet quase sempre concordavam — para não dizer sempre. Mas não se gostavam. No fundo, Toulet, o pobre Toulet, o miserável Toulet, reprovava o aristocrata conservador e nacionalista Guerrero, sua adesão frívola a tão altos ideais, essa adesão tão sem paixão, belicosa e rancorosa. No fundo, Toulet reprovava Guerrero por inflamar-se amargo e feroz em defesa da aristocracia, do capital e da tradição. Assim como fazia Toulet!

Também reprovava, em silêncio, essa tolerância de Guerrero com os extremistas e sindicalistas, a quem não combatia, nem sequer com as armas da sua inimizade, e a quem, em troca, entregava-lhes sua simpatia.

* * *

Sensação de vazio, de forno, de caldeira. Repentina e subconsciente associação de ideias: essa tarde de calor, com uma oleografia que na infância esteve durante muito tempo sobre a cabeceira da cama de Pinelli e que representava almas em forma corporal, queimando-se nas chamas do inferno sob o regozijante olhar de um diabo com cauda e tridente.

Rangiam todos os ventiladores, prolongando seu interminável resmungar. Pensou Toulet, na corrente quente do vento do *zonda*[9] e naquelas intermináveis horas de rubor sob o céu de San Juan, que não era um céu, senão um sol enorme que jorrava um fogo escaldante, interminavelmente.

Honorino, um auxiliar, ao passar, fez com toscas palavras uma referência à vida nas caldeiras dos navios.

Inúteis, os ventiladores. Todos os empregados tinham as camisas decotadas, com as mangas levantadas; e estavam despenteados. A cada instante tinham que secar o suor da face. Alguns aproximavam seus lenços do ventilador para secá-los;

---

[9] Vento característico do território ocidental da Argentina. (N.T.)

mas, em seguida, já estavam úmidos novamente. Eles também eram inúteis nesta tarde em que parecia chover, sobre os empregados, um ar quente e pesado como chumbo. Chumbo quente e pesado que agonizava os empregados, vencendo-os e absorvendo suas forças, sua vontade...

Suor, falta de vontade, sensação de vertigem. O suor estava na testa que era como uma esponja que, metódica e suavemente, ia se espremendo e enchendo-se de suor. Na testa formavam-se continuamente, interminavelmente, constantemente, gotas de suor, uma seguida da outra, que se uniam e caíam na face, atravessando suas curvaturas, deslizando como gotas de chuva na janela, até caírem no pescoço. O suor surgia de todos os poros.

O ventilador rangia, resmungão e inútil. Alguém, aproximando-se do aparelho para secar a parte da frente da camisa, que cobre o peito, resistia aos golpes de vento que despendiam do ventilador, guardando uma sensação de traição ao final, pois ao secar, mais ou menos e rapidamente, a camisa, secava-se, também, o suor.

Quase todos os empregados preferiam subir ao lavatório do andar superior. Colocavam a cabeça debaixo do tépido, quase quente, jorro de água que saía da torneira. Encharcavam a cabeça e a retiravam com os cabelos pingando. Com os dedos das mãos abertos, penteavam-se, dirigindo as mechas para trás. Voltavam à Contadoria, mas assim que entravam na sala quente e se sentavam, o ar quente inutilizava a eficácia da manobra no lavatório.

— Dá vontade de vomitar — disse Acuña.

Ninguém respondeu. Ninguém tinha vontade de nada. Estavam ali em total conformidade, estavam ali em total abandono de forças. Nem sequer podia, alguém, animar-se pensando que a tarde passaria, e que chegaria a hora da saída, e sairia à rua, e que subiria no bonde, sentando-se no banco dianteiro, onde receberia tão bem — que delícia! — os embates de ar que produz o bonde em seu movimento.

O tempo parecia não passar; em vez de um rio torrencial, era um lago artificial estancado. Lago de oleografia. Anima-se o empregado ao pensar que, fatalmente, chegaria a hora da saída? Então, suportar, conformar-se, resistir, até sua libertação, às sete da noite? Sim, sim. Então, podia, humanamente, suportar esta tarde em uma prostração, em uma falta de vontade, deixando-se vencer pelo calor, conformando-se absolutamente até seu limite, sem reclamar? Não! Não podia prostrar-se, nem se entregar à falta de vontade, nem se conformar sem reação, já que precisava realizar, fatalmente, um trabalho que o calor entorpecia e obstaculizava. O empregado, ao levantar-se, não dirigia sua esperança à hora oficial da saída, senão aos últimos toques do próximo trabalho, de suas tarefas diárias. Deveria realizar uma tarefa diária, a tarefa existia, a tarefa estava determinada, e todos sabiam que era mister concluí-la.

Com um cansaço secular e uma falta de vontade de coisa inanimada, dentro de um ambiente inimigo, nas últimas horas da tarde os empregados arrancaram, de suas entranhas, pedacinhos de energia para fazer suas tarefas e não perder mais tempo do que já haviam perdido naquele desânimo, naquela prostração e preguiça. Tinham que evitar que as gotas de suor caíssem sobre os livros de contabilidade e sobre todos os papéis do escritório.

Com o pôr do sol, os ventiladores iam adquirindo mais utilidade. Ninguém percebia, de forma consciente, a diminuição do calor e o renascimento das energias. Todos os empregados trabalhavam, agora. Silêncio. Só atravessam o ar da sala o estridor dos ventiladores. Golpeiam os saltos dos sapatos de alguém que atravessa a sala. Fecha-se uma porta.

Todos os empregados trabalham. Quanto mais avançava o tempo, menos lenta e fastidiosa era a ação exterior, física, e mais fácil e prontamente pensavam, e por estarem dedicados ao trabalho, não percebiam a realidade, a diminuição do calor, um estado físico melhor a cada instante.

— Enfim!
Era Romeu que havia terminado e ia embora.
— Pronto!
Era Gainza, que fechava seus livros e saía.
Outros não exclamavam nada, e iam embora.
— Terminei!
Era Cornejo.
Santana foi embora sem dizer nada. Arrumou seu colarinho, pegou seu paletó, que pendurou no braço, e assim saiu da Contadoria.
Oito e meia!
Continuavam, ainda, trabalhando Acuña, o francês Toulet e Fernández Guerrero.
— Que incômodo de fome! Já estou com fome — disse Guerrero.
Ninguém respondeu. Também é verdade que disse isso, em voz alta, para ninguém. Também para ninguém, disse o que disse em seguida:
— Vamos colocar fim a isso!
Em um descanso do seu trabalho, Guerrero faz o consabido exercício de braço e peito para desentumecer os músculos.
— Falta muito, Acuña?
Levanta-se. Aproxima-se da mesa do seu companheiro.
— Falta muito?
— Bastante...
Acuña responde com esforço.
— Posso terminar logo..., mas estou mal... não sei... não vejo os números... estão dançando diante dos meus olhos...
Estava pálido, de verdade, e seu olhar era lânguido, doentio.
— Esta coluna, a somei seis ou sete vezes, e cada vez me dá diferente... Eu não sei...
— Por que não vai embora?
— De vez em quando me dá vontade de vomitar, mas não é forte... Tenho que terminar, principalmente esta, que está me deixando louco...

— Eu somo para você; deixe-me ver...

Guerreiro somou a coluna, depois a outra, e mais outra. Mas eram quinze longas e paralelas colunas de números de três a cinco cifras com suas frações, e Guerreiro disse para Acuña que o chamasse quando tivesse alguma diferença.

Em sua mesa, Toulet já "indexava" seus copiadores.

Guerreiro terminou seu trabalho, saiu do escritório e foi ao lavatório.

Voltou e, imediatamente, reparou em Acuña. Estava pálido, com a lastimosa, lânguida e caída expressão dos enfermos.

— Você não se sente bem? Vá embora, Acuña, vá. Eu termino isso para você...

— Não...

— Deixe de embromar, homem! Vá embora. Não vê que está mal? Vá, a rua vai lhe fazer bem! Francês?

Toulet aproxima-se.

— Acuña está mal. Que vá embora, não?

— É este calor infernal. Talvez seja um ataque de insolação.

— Bom, Acuña, Toulet e eu vamos somar isso para você e fechar os livros. Você vai embora. Eu direi ao senhor Gonzáles, se vier... Eu me encarrego disto. Vá embora, Acuña, faça-me o favor...

— Sim, Acuña, vá. Guerrero e eu terminamos isso.

Talvez a emoção suscitada em Acuña pela afetuosidade de seus companheiros e o oferecimento deles para realizar o trabalho, que ele não conseguia terminar, complicou seu anormal estado físico, precipitando algum desenlace, porque o semblante de Acuña desbota-se em uma palidez atípica, parecem sair os olhos de suas órbitas. Bruscamente, um de seus braços tem um elétrico movimento convulsivo.

— Ele desmaiou! Água!

Acuña quase cai no chão, se não o sustenta Guerrero, que neste momento teve o conhecimento exato de quanto pesa, verdadeiramente, um corpo humano.

— Pegue! Traga essa cadeira, francês!
— No chão, é melhor...
— Eu sei dessas coisas, francês! Pegue aqui...

Percebe, Guerrero, que Acuña mal abre os olhos. Coloca-o sentado e tenta abaixar-lhe a cabeça, na altura da cintura, para provocar-lhe vômito.

— Incline a cabeça, Acuña! Francês, vá buscar água, qualquer coisa! E chame alguém! Incline a cabeça... incline a cabeça!

Acuña levanta uma mão e coloca-a no pomo-de-adão do pescoço desnudo.

— Está afogado. Incline a cabeça. Mantenha-o assim, francês, vou buscar água!

Toulet sustenta Acuña por trás, mas esta forma era incômoda, então passa a sustentar Acuña pela lateral.

Guerrero sai da Contadoria para ir ao lavatório, no andar de cima, mas lembra-se, mal alcança a porta da Contadoria, que sobre a mesa do senhor Gonzáles há sempre uma jarra com água gelada. Então retorna, apressado, para chegar rápido ao escritório do senhor González, mas detém-se onde estão Acuña e Toulet, porque vê que o francês sustenta o corpo do companheiro com inabilidade e, principalmente, porque percebe um gesto de Toulet, inútil e inexplicável.

O que é isso?

Guerrero vê cair um objeto no chão. Uma carteira, uma carteira de couro, a carteira de Acuña onde guardava seus poucos pesos. Era uma carteira de couro em relevo, com suas iniciais, presente de uma moça de Flores, com quem Acuña teve um namorico... Guerrero conhecia bem essa carteira, mais de uma vez a viu nas mãos de Acuña, na leiteria, quando tinha que pagar o café ou o almoço.

A cena desconcertou Guerrero. Seria possível, isso? Em uma insignificante fração de tempo, em uma mínima fração de segundo, Guerrero concluiu, aceitando esta realidade: uma fracassada tentativa de...

— Guerrero... Honorino... Honorino...!

Toulet começou a gritar. E insistiu, uma segunda vez, chamando em voz alta Guerrero, que, no entanto, estava ao seu lado.

— Guerrero... Honorino...!

E percebendo, visivelmente, a presença de seu companheiro, acrescentou, desolado:

— Está morto, Guerrero! E ficou entre meus braços...! Oh!

De fato: Acuña estava morto.

Todos sabiam que um dia isso ia acontecer. "Não subo escadas por isso" — costumava explicar Acuña —, "não posso jogar futebol por isso, um dia morro, arrebento, não sei, quando eu menos esperar..."

Estava doente "disso", e ninguém sabia o que era "isso".

* * *

Guerrero conservou da morte de Acuña uma lembrança triste, que lhe produzia um inexplicável medo. Ao lembrar-se daquela cena, ou na presença de Toulet, Guerrero sentia um indefinido e inquieto medo, esse medo que se sente frente a um Mistério... De repente, em uma noite, por exemplo, uma árvore sai do seu lugar e começa avançar com movimentos voluntários...

A lembrança da morte de Acuña compunha-se da morte de um homem, — coisa normal, habitual — e de um ato insólito, misterioso, terrível... aquela cena da carteira...

Era isso, era a lembrança do roubo de um cadáver, ainda quente, e não da morte de um companheiro, que produzia medo em Guerrero...

As relações de Guerrero com Toulet continuaram com os habituais modos de sempre. Em Guerrero, a conduta fez-se um pouco mais trêmula. Às vezes, Guerrero era presa de um fenômeno psicológico: acreditava que Toulet ia começar, de repente, seu discurso sobre o abuso das intervenções federais nas províncias, para dizer, mudando de semblante:

— Está morto, Guerrero! E ficou entre meus braços...! Oh!

Lacarreguy

Vestia-se com discreta elegância. Não era pitoresco como o finado Acuña, que sempre usava botinas de verniz negro e cano de cor destacada, colete branco ou brilhante, gravatas berrantes e aquele chapéu cinza claro com uma fita preta, precisamente para o violento efeito de contraste. Não, não. Lacarreguy era discreto em tudo: preferia escuros os tecidos de seus ternos, e o corte — este sim! — na moda, pulcro e perfeito. Nunca a gravata desfiada; os sapatos de verniz sempre reluzentes, e altos, sem saltos gastos. E as camisas — essas também! — finas, listadas de cores suaves.

Não usava gel e, por isso, no final da tarde, estava um pouco revolta e cheia a escura e espessa mata de seus cabelos, contrastando bruscamente com Acuña, a toda hora reluzente como o verniz das botinas.

Lacarreguy era alto, robusto e tinha o semblante empoado de uma palidez dissimulada — acaso acentuada — pelo azulado perverso e ambíguo da barba, que dava a impressão, a toda hora, de estar "recém feita". Se não houvesse um fulgor varonil, e algo acre, dentro das duas manchas negras de seus olhos, pensar-se-ia em um rosto afeminado, vendo-se essa ligeira curva da face, levemente avolumada, e esse vermelho, dos lábios vermelhos, como pintados de vermelho, e essa dentição de propaganda de dentifrícios.

Caminhava, trabalhava e agia com naturalidade e um pouco lentamente, com uma segurança que autenticava o que diziam, que esteve a ponto, uma vez, de ingressar em uma companhia nacional para fazer papéis de galã jovem e de traidor.

Agora estava nos "Caixas Centrais", acima, de onde voltava o dinheiro recolhido abaixo, pelos caixas que serviam aos clientes para os pagamentos. Tinha a seu encargo o caixa 8, que recolhia o dinheiro que se acumulava nas diversas caixas pares do andar térreo, correspondente aos serviços das seções "Roupas Íntimas Femininas", "Espartilhos", "Utensílios" e "Brinquedos". Ao seu lado trabalhava Mendizábal, com o caixa central 7, correspondente a todos os departamentos de "Homens", do andar térreo, e da seção "Alfaiataria-Homens", do terceiro andar.

Lacarreguy chegava quando todos os caixas já tinham aberto seus respectivos postos, pois era dos que aguardavam na leiteria em frente, até que faltassem somente dois minutos para a exata hora de entrada, para chegar e cravar seu número no relógio, sem demasiada antecipação.

— Bom dia.

Ou:

— Boa tarde.

As palavras da saudação eram débeis e as acompanhava um sorriso leve e pueril. Sua saudação parecia uma função mecânica.

Tirava debaixo do balcão o banquinho. Dava um salto e sentava-se. Puxava sua correntinha e extraía do fundo do bolso um chaveiro tilintante. Abria, primeiro o caixa, o metálico aparato, depois abria a gaveta do balcão de cujo ventre alçava largas planilhas e pilhas de cédulas que distribuía sobre a mesa.

E começava o interminável jogo: somar, subtrair, anotar; somar, subtrair, anotar; depois confrontações e provas; e mais, e mais contas... Todo dia o mesmo! De tempos em tempos lhe traziam, dos caixas das vendas, fardos de dinheiro em papel e pilhas de moedas com os correspondentes cupons, triplicados, e planilhas parciais. Lacarreguy contava, controlava, voltava a contar para assegurar-se da exatidão dos números, das cifras escritas e do dinheiro contado. Anotava, em seu "memorial", as quantias recebidas; anotava em seu "livro-caixa" as quantias recebidas; anotava as quantias recebidas na "planilha de entrega", que devolvia, assinada, ao caixa; anotava... e assim durante todo o dia...!

Três anos, durante três anos vinha realizando esta função simples, fácil, reduzida, repetitiva, recorrente, igual uma vez, outra vez e outra mais, ontem, hoje, agora... sempre.

De vez em quando realizavam balanços e auditorias. Depois "daquilo" de Gallegos, a vigilância dos chefes e gerentes caía, insolentemente, sobre os caixas, de modo imprevisto, grosseiro e agressivo. De repente, talvez à tarde, deviam suspender o trabalho, assim como estava, interrompê-lo bruscamente, e entregar tudo — dinheiro, livros, planilhas, chaves — a um interventor da Contadoria: Rosich, ou Mulhall, ou Flores.

Uma rápida auditoria e controle de caixa.

Nada.

Ou, senão:

— Retire estes pacotes. Vamos contar este.

Além disso, havia inspetores cuja vigilância, tortuosa e felina, alargava-se até os rincões da casa dos empregados. Os inspetores não haviam fichado Lacarreguy. No Natal, correu um boato de que iam transferi-lo ao "Representantes". Qual poderia ser a origem de tal rumor?

Lacarreguy era trabalhador, inteligente, silencioso, constante. Gozava de boa reputação na "Casa", — quer dizer, na gerência da casa — principalmente porque realizava seu trabalho com eficácia e serenamente, sem modos bruscos contra ninguém. Aparentemente era disciplinado, dócil e submisso.

Às sete da noite, geralmente, tinha fechado seus livros e seu caixa; somente aguardava a última remessa para anotá-la e fechar — por fim! — seu diário.

E às oito já estava na rua, a caminho de casa.

Às vezes, claro, uma diferença de caixa, a menos; ou um erro em notas a menos (esse de Utilidades, sempre ele!) o obrigavam a permanecer até tarde da noite buscando o oculto e invisível esconderijo onde o erro havia se refugiado.

Tinha que fechar o exercício diário sem nenhum erro em números; toda falha era mister emendá-la; um centavo, a mais ou a menos, era tão transcendental como um milhão de pesos. O trabalho, ali, era a aplicação de uma teoria ideal. Os livros, as cédulas, as planilhas, os cupons declaram unânime e solidariamente o mesmo; combinam entre si com precisão, como as partes de um relógio. O caixa rubrica afirmativamente. Se o caixa, friamente, não coincide com o papel, é o caixa quem tem razão e, em sua tranquila teimosia, insiste em acusar os papéis. Tem um erro! Um absurdo! Tem um erro! Tem que buscá-lo, tem que encontrá-lo, tem que localizá-lo.

O erro! É um duende perverso, perigoso e maldoso; é um gnomo imaterial, porém vivo e atuante, é um ser com vontade e malícia, com inesgotável malícia. Realiza, constantemente, intermináveis zombarias que despertam e eletrizam até o mais preguiçoso dos nervos, atiçando-o a um ativo, inútil e repugnante trabalho, justamente na hora do descanso. Como esses insetos tropicais que insistem sobre o viajante cansado, a quem não deixam dormir, exatamente na hora de dormir. O erro é um duende. Ri silenciosamente, tão pequeno e tão sutil, e ri diante dos nossos olhos, e passeia diante do nosso afã de capturá-lo, como a caça que se atreve a instalar-se bem diante do cano duplo de uma escopeta. O erro nos atiça, atira fósforos acesos sobre nossa paciência, conseguindo, às vezes, inflamar palavrões e socos. Quando nos vê quase inativos e decepcionados e inúteis, como brinca a gata com um camundongo, assim brinca o erro conosco, e é aqui, nestes momentos em que acreditamos tê-lo já ao alcance seguro e inevitável da nossa vista aguçada que, no entanto, o sentimos deslizar e fugir, cínico e sarcástico, deixando em nós essa suavidade epidérmica que deixa uma pomba que tivemos nas mãos, mesclada com essa viscosa e escorregadia glicerina de uma rã que, insolitamente, saltou de nossas mãos. Havia pego o erro! E, outra vez, as cócegas e as risadas do gnomo! Insistente, interminável e perverso e... pueril.

Pueril!

Talvez, um erro de centavos se entretinha por intermináveis horas com um pobre empregado.

Uma vez, — era um sábado, véspera de Carnaval — o duende invisível e real foi cruel e implacável como a própria morte. À meia noite estava Lacarreguy, ainda, debruçado sobre as planilhas, buscando essa miserável diferença de quatro pesos, esse erro surgido às sete da noite e, desde às sete, neste contínuo trabalho ardiloso de fugir, fugir, aproximar-se e fugir...

O duende tinha uma delicada predileção de fazer a festa às segundas-feiras. Segundas são os dias mais difíceis para os empregados. Domingo o empregado esteve livre e desfrutou, descansou e, durante todo o dia, não carregou a carga das obrigações do escritório, e aproximou-se do estado ideal do homem: um ser livre, ou com evidência ou aparência de livre. Segunda, inconscientemente, ele se deforma e, como um líquido, adapta-se e conforma-se a um modo violento de vida. Ainda que apenas em poucos exista a compreensão inteligente desta adaptação artificial e dura a uma vida de trabalho e escravidão, em quase todos, porém, seria possível descobrir, na segunda-feira, uma espécie de instintiva rebeldia, pequena, ou muito pequena, ou menor ainda, mas rebeldia, violência contra algo, inquietude.

O erro tinha, pelas segundas, uma delicada predileção para fazer a festa por entre as planilhas e os números.

E toda a tribo de gnomos barbudos e encapuzados encontravam um grupo de abundante vítimas, nos dias "especiais".

Neste comércio de mercadorias — especialmente gêneros — se escolhem dias, até semanas, e às vezes quinzenas, para realizar manobras de venda, que têm o nome de "Liquidações; Quinta-feira das blusas; A semana das meias; O dia da roupa íntima feminina..." Há épocas de maior venda e trabalho: começo e fim de estação, liquidações etc., em que se multiplica o trabalho dos empregados, desgasta-se sua energia, e o rendimento econômico vai... para Londres...

* * *

Os empregados já haviam sofrido, passado e vencido a liquidação de verão, durante a qual as conversas eram amenizadas ou suprimidas. Depois, com a diminuição do trabalho, reflorescia o diálogo.

Lacarreguy saltava do seu banquinho e se aproximava de Mendizábal.

— Ontem à noite estive no Nacional. Uma peça de Vacarezza.[1] Enfim... assim... assim... sempre o mesmo...

— Eu prefiro ver Muiño.[2] Na minha opinião ele é melhor...

Mas algo de dor havia em Lacarreguy, que logo sepultava os diálogos assim que surgiam. Às vezes deixava seu companheiro em meio a uma conversa. Alguma preocupação?

— Está acontecendo algo a Lacarreguy — determinou Mandizábal.

De outra vez:

— Acho que vão me promover. O senhor González me disse que é para dezembro, provavelmente...

— Vai para trezentos e vinte?

— Bah! Como se fossem cem. A mesma coisa. A vida é muito cara. Não se faz nada com menos de quinhentos.

---

[1] Mantida grafia original. Bartolomé Ángel Venancio Alberto Vaccarezza, ou apenas Alberto Vaccarezza, foi um dramaturgo argentino criador do gênero teatral "sainete" (pequena peça teatral espanhola) na Argentina. (N.T.)

[2] Enrique Muiño, ator clássico de teatro e cinema hispano-argentino. (N.T)

— Eh!...

Lacarreguy fez um gesto de ombros e voltou ao seu caixa. Um gesto de conformidade e resignação.

* * *

Em uma tarde, muito avançada, quase noite, Mendi encontrou Lacarreguy na estação de metrô aguardando o trem, no qual ambos subiram quando chegou. Iam para Flores, Lacarreguy vivia em Flores, e Mendi ia por um assunto pessoal.

Permaneceram no corredor do primeiro trem. Estavam cansados. Nove ou dez horas diárias de trabalho, inclinados sobre os caixas, contando dinheiro com quatro olhos, com cem olhos, com todos os olhos de Argos, os deixavam, por fim, com as pálpebras como cortinas de chumbo, com as pernas pesadas como chumbo, com todos os músculos como chumbo, pesados, tendendo, veementemente, a cair em um acolhedor lugar de descanso.

— Eu teria ido para casa jantar e, em seguida, para a cama. Mas tenho que ver uma pessoa em Flores. Você conhece a Rua Merlo?

As mãos seguravam, como apoio para manter o equilíbrio, as argolas de couro que pendiam do teto.

Na altura do Congresso puderam sentar-se. Que bom sentar-se!

— Na rua Terry?

— Sim, com uma mulher.

— Mesmo? Linda?

— Eu gosto. Eu a conheci há três anos, quase, quase... mas só há dez meses que vive comigo. Eu a conheci em Chez Maxim. Mas antes era cupletista.[3] Chama-se Consuelo. Ah, o que eu

---

[3] Cantora de cumplé (do francês "couplet"), canção curta e popular com letras satíricas que se cantava em teatros e outros locais de espetáculo. (N.T.)

queria te dizer, que é por isso que os inspetores me vigiam e os chefes desconfiam de mim. Seguramente fizeram investigações, espiaram a vida que tenho e a vida de Consuelo, e concluíram que com meu salário não posso sustentar a vida que levo. E se não me dizem nada, é porque os desgraçados creem que ela trabalha por aí. Infelizes! Consuelo está acostumada a um luxo de rainha, e isso me custa dinheiro, mas o dinheiro eu consigo com minha assinatura, assinando documentos legais... Chegamos. Quero dizer, onde você desce? Ah, veja, você tem que descer no número sete mil e quatrocentos...

* * *

Falavam todos os dias. Diálogos curtos. Ou conversavam com calma. Ajudavam-se um ao outro, lembrando de valores e na verificação das somas, mas especialmente na busca de diferenças.

Um sábado almoçaram em um restaurante barato em frente ao Mercado Central, e depois foram para a casa de Lacarreguy, em Flores.

Chegaram.

Era uma casinha modesta de seis cômodos da qual Lacarreguy alugava os dois últimos do fundo, o restante era ocupado por uma família italiana bastante ruidosa e pitoresca.

Dois cômodos, cinquenta pesos. Uma sala de jantar e um dormitório, a cozinha anexa ao muro dos fundos.

Ali vivia Lacarreguy com Consuelo.

— Aqui, me deixou este papel. Foi visitar uma tia, em Lomas. Saiu esta manhã. Daqui a pouco deve estar de volta.

Mostrou a Mendi os móveis, depois fez funcionar o curioso mecanismo de uma pequena caixinha de metal destinada a guardar valores, mas sem depósito agora. Mostrou a cozinha e os utensílios.

Consuelo não chegava.

Sentaram-se em suas respectivas cadeiras da sala de jantar.

Lacarreguy havia feito um empréstimo com seu irmão, Francisco, com sua cunhada, Florinda, com seu tio, Aldo, até o dia em que fez um acordo com um judeu da Rua Libertad. Descobriu, neste dia, que era mais fácil, rápido e cômodo, pedir dinheiro diretamente aos judeus agiotas e implacáveis do que aos parentes. Além disso, os parentes já não lhe davam mais... Claro que os juros que os judeus cobravam eram cruéis e, verdade, que algumas conversações foram amargas, porém sempre conseguia o dinheiro que pedia, e sem essa vaga vergonha que sentia em seus pedidos aos parentes... Só que, agora, tinha que pagar. Como ia pagar? "Deus proverá", pensava, ungindo-se cada vez que firmava estes tristes documentos com os agiotas. Deus proverá... Deus proverá... Mas ele queria ter sua mulher, sua casa, seu lugar, seu, dele. Para isso, trabalhava como um animal durante oito, nove, dez horas diárias soldado com solda autógena ao seu caixa 8. Entregava-se completamente ao escritório. Dava ao escritório tudo o que exigia o escritório: tempo, energia, alegria, liberdade, tudo. E até a vida, pois era matar-se cumprir cotidianamente esse criminoso horário do insaciável escritório. O que recebia de volta, em troca? O salário? Sim, sim, mas queria que esse salário significasse para ele não a possibilidade de uma próxima viagem à Europa, nem a possibilidade da aquisição de um chalé, nem nada mais ou menos futuro, só a atualidade viva do seu amor por Consuelo. Isso é, em troca de alugar-se oito ou dez horas diárias à "Casa", ele exigia o dinheiro mínimo necessário para pagar casa, comida, roupas...

Para isso trabalhava, para não desfazer o ninho, agarrava-se ao emprego, melhor dizendo: ao salário. Trabalhava sem amor, mas empenhando-se para não dar aos chefes oportunidade de acusações ou punições. Não buscava o aplauso dos superiores, mas evitava suas reprimendas e observações. Agarrava-se ao emprego, aderia ao emprego como a adesão integral da casca sobre a polpa. E, então, resultava em um bom empregado. Quantas vezes, quantas vezes, com a ponta de um dedo, pressionava um lugar por onde percorriam os nervos da cabeça, sugestionado que, com isso, aplacaria essa persistente nevralgia rebelde à aspirina! Quantas vezes saia da Contadoria e ia tomar café amargo, depois molhava a cabeça e em seguida fazia umas quantas flexões, crendo afugentar o cansaço e o sono que distorciam e confundiam o seu trabalho! Quantas vezes ia para o escritório com apenas três ou quatro horas de cama! Queria trabalhar, e se encorajava pensando no rápido, no elétrico apressamento das horas. E trabalhava diluído em cansaço e sono. E fazia as coisas, e agia do modo como fazem as coisas e se move alguém quando está envolto nessa velada atmosfera dos sonhos ou dos pesadelos.

Tudo por Consuelo! Como o salário era escasso para o reduzido orçamento de seu lar, teve que sacrificar muitos gastos. "Não tenho vergonha de dizer que parei de fumar por razões de economia". Menos mal que Consuelo continuava...

— Consuelo não chega. Quer que eu faça um café? Vamos à cozinha...

Seguia amando-o, menos mal, sendo como era, uma mulher de onde saiu, permanecia gostando dele, fazendo esta vida bastante dura de amante de um modesto empregado... Permanecendo em Flores com ele, Consuelo sacrificava quase todos seus gostos e, por isso, Lacarreguy estava cordialmente, carinhosamente, agradecido. Sua gratidão não tinha limites, porque sabia quem era Consuelo, de onde havia saído e como vivia antes... Consuelo era uma mulher frívola, sensual, amante exasperada dos prazeres mais intensos, fortes e sucessivos. Conservava de seus tempos de cantora um doentio e desvelado afã por luzes, festas, multidões, danças, gritos, ruídos, cenas, alegrias noturnas... E trajes, e passeios e até roleta e cocaína. Tudo a acendia e se inflamava em ânsias. Mas por ele, por Lacarreguy, por amor a Lacarreguy, por "capricho sentimental" por Lacarreguy, havia aceitado a mutilação de sua vida. E ele a amava também. Só que... custava um pouco caro... bastante caro... Ah! Ser honesto custa menos! A virtude pura é mais barata e mais fácil, e mais cômoda, e menos dolorosa! Era mais fácil, barato e alegre o passeio de três numerosas famílias ao campo, em um domingo de sol, que uma saída noturna de Lacarreguy com Consuelo.

Doze pesos um par de meias de seda! Doze pesos! Ah, como desejava tê-la conhecido em uma rua de bairro familiar, nestes bairros de casinhas baixas e crianças alvoroçadas, — Boca, Barracas, Boedo, Parque dos Patricios — filha de um quitandeiro da esquina..., filha de um barqueiro..., filha de um empregado de Mihanovich...,[4] educada na virtude doméstica das famílias humildes dos bairros portenhos..., professora de piano e solfejo..., ou de trabalhos manuais..., uma dessas moças que até o próprio vestido de noiva fazem elas mesmas...

Recordou haver tido alguns namoricos por volta dos seus vinte anos. Que mocinhas lindas, humildes até as mais faceiras, ingênuas até as mais maliciosas, boas, boas até as mais inteligentes! Rosita era professora de escola!... E que carinhoso era o amor dessas moças! Maternais, todas, com uma visível tendência a abandonar, prontamente, os idílios para repousar no amoroso trabalho do próprio lar, dos móveis da casa e dos futuros filhos... Devia ter se casado com uma delas. Ele seria um modesto empregado do comércio que se casaria com uma humilde burguesinha de bairro pobre. Teriam um filho... depois outro... Aos sábados à noite iriam ao cinema, — tão familiar! — que estaria na rua central do bairro — Montes de Oca, Cabildo, Almirante Brown, San Juan, Boedo... — Aos domingos iriam a Palermo, com as crianças, ou à ilha Maciel, com as crianças, ou a Quilmes, no verão, claro. Ou passariam o dia na casa dos sogros... Ela faria a comida, lavaria a roupa,

---

[4] Companhia Argentina de Navegação Nicolás Mihanovich. (N.T.)

educaria os filhos... Filhos lindos, vivendo em seu lar feliz e sem inquietudes!...

Mas essa vida com Consuelo! Este lar era artificial e não era seguro, tremia como um acrobata sobre a corda. Qualquer dia este lar se descomporia e se desfaria, e ele quase tinha a exata realidade visual do estado do quarto no dia em que Consuelo partisse... Mais uma vez, não a encontrando em casa, sentiu como acontecimento exato e verdadeiro e definitivo, o que era, apenas, um temor. Ah, sim, era inútil enganar-se! Sim, sim, ela iria em uma noite... e ele ficaria triste, ridicularizado, ferido, grotesco... Que triste!... E ele a amava. Todas as mulheres do mundo, todas eram para ele completamente indiferentes. O que ia fazer? Amava-a com alma e vida. Se a amasse de outra forma, assim como as moças de que falava antes, mas encontrou Consuelo como é, e assim tem que amá-la: com tudo o que lhe agrada e com tudo o que lhe desagrada. O luxo!... E aguentaria até o fim, suportaria o que fosse necessário suportar, sacrificaria o que tivesse, mas em troca, a única coisa que pedia à vida, ao Destino, a Deus: que estivesse longe, longe o dia em que ela partisse!...

* * *

Mendi os viu uma noite, no vestíbulo do teatro nacional. Ela estava vestida de forma suntuosa, com tecidos finos. Era morena, de olhos alegres. Não pôde Mendi obter uma nítida impressão da beleza de Consuelo, absorvida que estava sua visão pelo traje rico, elegante e caro... Mendi ficou intrigado, das duas uma: ou ela conseguia o dinheiro maldito, ou ele o conseguia pior!

No escritório, Lacarreguy tinha uma conduta, para Mendi, equívoca e suspeita. Parecia que sempre alguém o perseguia, pelo seu modo de caminhar, de trabalhar, de responder. Tinha insólitos, ainda que rápidos, sobressaltos. De repente virava para Mendi, inclinava o corpo para aproximar a cabeça, e olhava seu companheiro, a quem dizia:

— O que disse? Falava comigo?

— Eu? Não. Estava somando em voz alta.

Fazia alguns meses que Lacarreguy não faltava um dia sequer, nunca chegava tarde nem se retirava antes, indisposto. A suspeita de Mendi o obrigava a interpretar esta conduta tão normal, tão excessivamente normal, como interessada e pensada. Seguramente, — pensava Mendi — Lacarreguy não quer dar a oportunidade de que outro empregado toque seus livros e leia seus papéis, por isso não falta, não chega tarde nem se retira, enfermo.

No entanto, balanços realizados em duas ocasiões demonstraram contas claras e em ordem.

Passavam os dias, Lacarreguy continuava desconfiado e misterioso, e Mendi não abandonava a suspeita de um desfalque de seu companheiro, a quem observava com certo afeto embaraçoso, com uma mescla de simpatia e medo. Se fossem amigos íntimos, falaria claramente, mas só eram amigos... e ainda se tratavam formalmente. Queria-o bem, verdade, mas era Lacarreguy quem evitava a intimidade com sua maneira de ser tão sério, um pouco retraído... Gostou dele, sinceramente, desde aquele dia, aquela tarde em que estiveram ambos na casa de Lacarreguy, aquela tarde em que, esperando Consuelo, Lacarreguy contou-lhe coisas de sua vida e lamentou-se do seu destino, que o fez apaixonar-se por uma mulher assim, como Consuelo, em vez de dar-lhe a oportunidade de casar-se com uma linda mocinha honesta...

Sim, Mendi continuava suspeitando... e observava seu companheiro. Chegava sempre correto, elegante, barbeado.

— Oi...

— Oi...

Mendi observava seus gestos. "Faz, tranquilamente, o de sempre" — observava Mendi. "Pendura o chapéu no cabide, aproxima-se do seu lugar. Oi... Oi... Traz para fora do balcão o banquinho; pega a corrente do chaveiro e extrai do bolso da calça o tilintante chaveiro; corre a mão pelo cordão metálico até o grosso molho de chaves, levanta-as, escolhe uma que introduz na fechadura da caixa, trac!, a mola da caixa empurra, com seu ruído e com o som da campainha, para fora, fazendo correr de seu nicho a gavetinha; agora levanta a tampa, arruma as teclas numeradas no carretel; agora a gaveta, escolhe outra chave e abre a gaveta do balcão, que avança até quase encostar em seu ventre; retira os papéis que ordena sobre o balcão; dá um rápido saltinho e senta-se sobre o banquinho. Retira da gaveta mais coisas: papéis, notas, lapiseira, lápis, bloco de contas, tinta, carimbo, mata-borrão, molhador..."

Mendi observava todos os dias estes movimentos, sem descobrir um gesto definitivamente acusador. Os diálogos entre ambos pouco aclaravam a dúvida persistente de Mendi.

Uma tarde:

— Lacarreguy, hoje tenho que ir a Flores.

— Vamos juntos. Esta noite, na saída, sim?

— Sim.

Na saída, caminharam até a estação do metrô.

— E Consuelo?

— Está lá...

Chegaram. Aguardaram. Subiram no trem e, por sorte, puderam sentar-se para fazer a viagem. Na estação Salta, encontraram duas lindas moças. Elas sorriam e olhavam para os assentos deles com gula, como que convidando e provocando o gesto galante dos rapazes em ceder-lhes o lugar. Ah, não, não! Talvez elas voltassem de um passeio tranquilo e amável. Talvez tivessem estado apenas duas horas, na rua... Um empregado, um empregado de escritório, quando volta para sua casa, está cansado, definitivamente cansado, doente de cansaço, tomado pelo cansaço. Músculos, nervos, sentidos, funções, tudo gasto, pesado, cansado...

Lacarreguy fechou-se em silêncio.

— Ouve-me?

— O que disse? Desculpe, estou nervoso com um assunto... uma dívida para pagar hoje... Tenho que ver o doutor Rojo, um agiota gerente ou dono, não sei, de um banquinho legal, e vigarista, de comissões variadas...

— Mas cada vez você se suja mais...

— E o que vou fazer? De qualquer maneira, tenho que sair dos apuros.

— Quanto está devendo?

— Não sei. Eu não sei. Quero dizer: não quero saber. Um monte de pesos. Uns três mil.

— Que barbaridade! E como chegou a tanto? E como vai sair disso?

— Não sei.

Mendi sentiu dentro de si algo como um golpe material. Talvez fosse o espetáculo íntimo da transformação insólita de uma suspeita em realidade.

— Veja, Lacarreguy, quer que eu te diga a verdade?

Mendi acabava de arquitetar um truque para fazer seu amigo confessar. Mas era demasiado sincero para, neste momento, seguir uma estratégia fria e calculista e, provavelmente, devido a sua simpatia pelo companheiro, deixou-se levar pela última esperança de que não fosse verdade o desfalque. Era, na realidade, o último esforço dos homens para negar-se a ver o mal. Era a disposição humana ao amor...

E Mendi falava, já convencido de que Lacarreguy havia roubado, ou temeroso de que confessasse o roubo, ou iludido de que não havia roubado...

— Veja, Lacarreguy, não faça bobagem. Veja que isso se paga caro. Você tem a sua mãe, não lhe dê desgosto... Eu, para dizer-lhe francamente a minha opinião, não acredito que certas coisas são... sejam... como nos dizem que são... Por exemplo: eu não tiraria um centavo de um pobre ou, enfim, de uma pessoa que sofreria com a perda do que lhe tirei. Mas existem coisas que não sofrem, como o governo, as empresas, os ricos. Bem, eu, destes sim, se pudesse, tiraria deles o dinheiro que necessito, que mereço, ao que tenho direito, porque, em realidade, não estou causando danos... e cobro a minha parte. Mas, agora, tem uma coisa: não se trata de moral estúpida, nem de estúpido remorso, apenas de algo mais sério. Veja: se a pessoa conseguir a independência econômica fazendo algo, ou conseguir resolver alguns problemas, então se dispõe a fazer isso. Mas que seja assim sempre! E não que resulte, depois, na perda de tudo, completamente tudo, honra, liberdade, porque algo saiu errado. Não, Lacarreguy, não. Paga-se caro, caríssimo, por isso.

Lacarreguy escutava, silencioso e abstraído, até ausente por momentos. Mendi aproximava a cabeça de seu companheiro para não deixar que outros passageiros ouvissem, e seguia explicando, de forma simples, sua cínica teoria.

Insolitamente, como se ouvisse, de repente, a sonoridade de um disparo no silêncio de um templo, disse Lacarreguy:

— Diga-me a verdade: o que você pensa de mim?

— Homem! — disse Mendi em seu estupor.

— Não, não me diga nada. Eu mesmo te direi. Eu vou te dizer tudo. Veja a minha situação. Devo, a vários parentes meus, mil e duzentos pesos. Mil e duzentos. Entre cinco agiotas, devo mil e quinhentos.

— Que barbaridade!

— ...Mil e quinhentos. Mil e duzentos e mil e quinhentos são dois mil e setecentos. No entanto: quinta-feira passada, para atender um vencimento e pagar ao doutor Rojo... tirei do caixa...

— Lacarreguy!

E Mendi realizou um gesto carinhoso, colocando seu braço direito nos ombros de seu companheiro.

— ...oitocentos pesos...

— Mas suja-se por uma porcaria!

— Vamos sair.

Levantaram-se, saíram do trem e ganharam a calçada. Caminhavam lentamente, falando em voz baixa, por uma faixa de calçada entre a rua e as intermináveis árvores.

— Na quinta-feira mesmo, cobri. Eram setecentos pesos.

Caminhavam lentamente por Rivadavia. O ar se adensava em escuridão. Os comércios acendiam seus focos elétricos, que voltavam a iluminar o pedaço circundante.

Agora era Mendi quem se calava, pois sabia que ia ouvir detalhes novos e angustiantes.

— Eu pensei: como vou repor estes oitocentos pesos ao caixa? De onde tiro? Devia ter pensado mais, e melhor, antes de tirá-los. Mas... enfim... Bem, eu me dizia: passará um dia, dois, dez... mas um dia vão descobrir. E por essa porcaria de oitocentos pesos vão me colocar na cadeia. Juro que tentei conseguir dinheiro arduamente, mas não consegui. Além disso, minha situação não podia prolongar-se mais. Antes, todo o meu salário e o dinheiro que conseguia, gastava com Consuelo. Hoje, com o salário, quase não consigo pagar os juros das minhas dívidas. Isto é terrível! Isto não podia continuar! Você não sabe o que é isso, de receber o salário... depois de trabalhar trinta dias como um bruto... receber o salário... para os agiotas... Completamente desesperado, dei a essa coisa um fim definitivo. Que se dane, também!...

— Eh!

— Hoje tirei três mil pesos do caixa. Isso é tudo. Estou cansado!

— Mas... veja... este...

— O que eu ia fazer? Agora... Vou embora com Consuelo. Não sei. Para Montevidéu.

Ainda que sem alegria, claro, Mendi pensou antecipar sua interpretação com uma gargalhada, ao descobrir, depois da triste impressão imediata, uma solução feliz ao assunto.

— Você está se afogando em um copo d'água. Mas, antes de mais nada: onde estão os três mil pesos?

— Aqui.

— Mas está tudo resolvido, homem!... Mas, não, homem, não! As coisas têm que ser bem-feitas ou não as faça! Sobretudo não como um tolo. Não se faz assim as coisas. Menos mal que isto pode arranjar-se, senão... você ia pagar terrivelmente. Vamos ver. Perdoe-me que te diga: isto é estúpido. É como se um vendedor te dissesse: esta camisa custa dez pesos e você respondesse: deixe-a por quinze?

Seguiam caminhando por Rivadavia.

Mendi tinha apertado um braço de seu amigo e, ao falar-lhe, inclinava-se até ele. Lacarreguy caminhava com o olhar com o olhar vago, como se não percebesse o chão.

Viraram em direção ao sul.

— Veja, Lacarreguy, escute meu conselho e não se perca completamente, e para sempre, por uma bobagem. E, sobretudo, não se perca desta maneira tão tola. Há uma solução. Veja... Primeiro, tem que evitar a prisão. Não é verdade? Bom. Para evitar a prisão, tem que repor ao caixa os oitocentos pesos que retirou na quinta-feira, e os três mil que retirou hoje, e que agora os têm aqui. Então, três mil já estão. São estes que têm aqui no bolso. Dê-me, Lacarreguy, faça-me o favor, dê-me. Bom... este... bom. Agora trata-se nada mais que oitocentos pesos e estamos do outro lado. Oitocentos pesos. Tem que conseguir. Tem que tirá-los debaixo da terra. Os parentes... impossível por este lado?... Perfeitamente... recorreremos aos agiotas. Não tem volta, Lacarreguy! Eu te ajudo com a minha assinatura. Assinaremos qualquer coisa. Você se meteu na lama, tem que sair. Sairá com alguns prejuízos, mas tem que evitar a prisão... e o desgosto de sua mãe. Bom, entre você e eu, assinaturas solidárias, estes oitocentos pesos conseguiremos aos pouquinhos, cem aqui, duzentos ali... Oitocentos pesos se conseguem. Agora, o que pode acontecer com os agiotas? Você não poderá pagá-los. Perfeitamente. Você não paga. Como vai pagar, se não pode? Você não paga. E, claro, te processam...

— Talvez o emprego...
— Sim, tem o risco de perder o emprego...
— Então, e Consuelo?
— Mas, suponhamos que você perca o emprego. É preferível perder o emprego, e não pagar um centavo, a matar-se todo mês no escritório trabalhando para os judeus agiotas. Bom, você está sem emprego, está na rua, preste atenção: na rua, não na cadeia!
— E Consuelo?
— Claro que...

Conversando, chegaram à porta da casa. Detiveram-se ali. Mendi repetia seus argumentos já expostos e o seu plano já aceito. Mas, fatos tão transcendentais, na vida de tão humildes empregados, eram impossíveis que se reduzissem a uma conversa desde a estação de metrô até a casa de Lacarreguy. Mendi sentia a necessidade de continuar com novos raciocínios, meditações e conversas, ainda que, na verdade, o fundamental já havia sido dito, proposto, discutido e aceito.

Lacarreguy abria a porta da rua.

— Veja, Lacarreguy, vamos entrar na sua casa. Sim, isso. Você janta...

— Não tenho vontade...

— Depois você diz a Consuelo que tem algo para fazer comigo... Eu te espero no La Brasileña, em frente à praça de Flores, e continuamos conversando. Vamos lá!...

Lacarreguy fechou a porta da rua, passou pelo corredor e entrou no primeiro dos dois quartos que servia de sala de jantar e sala.

Que estranho! A toalha não estava estendida na mesa.

— Consuelo!

Nem sequer, sobre o vermelho veludo da mesa, estavam abertas, ou fechadas, as revistas espanholas que Consuelo havia comprado ontem...

— Consuelo!

Nunca, em três anos de vida em comum, em três anos, deixou Consuelo de avisar suas ausências...

— Consuelo!

Nunca deixou de avisar... sempre deixava uma cartinha, um papelzinho...

— Consuelo, Consuelo!...

A ficção

Personagens:
O IRMÃOZINHO
A IRMÃZINHA
O MARINHEIROZINHO

São três crianças de uns sete anos de idade. O menino de cara pálida é irmão da menina de sapatos desiguais e descosturados. O terceiro personagem é um curioso e alegre menino de olhos verdes, vestido com complexidade quase feminina, apesar de seu simples traje marinheiro. Os dois irmãozinhos são os filhos do vizinho do 8. O marinheirozinho saiu do 9, onde sua mãe está de visita. Todos os três se encontram neste longo e escuro corredor desta numerosa casa de habitações coletivas, e travam uma conversa. Agora querem se divertir.

PRIMEIRA CENA
O IRMÃOZINHO
Bom, chega. Chega! Não brinco mais de visita; me aborrece.
(Esclarecimento: se aborrece, brincando de visitas, porque é dono de um temperamento dominador, nervoso, inquieto. É pálido, magro. Observado de perfil, seus traços dão a impressão aparente de um peixe. Não quer brincar de visitas porque os papéis que interpretariam, ambos os irmãozinhos, seriam de igual importância e atuação, e ele prefere brincar de algo onde possa derramar abundantemente seu rico, irrequieto e quase trágico temperamento.)
Melhor brincarmos de pais.

A IRMÃZINHA
Sempre os pais!
(Esclarecimento: ela não gosta muito desta comédia, porque tem que ficar muito tempo calada e quieta, enquanto ele fala e atua sem descanso nem medida.)

O IRMÃOZINHO
Se quiser, brincamos de pais. Senão, não brinco e vou embora.
(Ele está seguro de seu êxito no papel de pai: representou-o muitas vezes e tem uma especial predileção. Ameaça abandonar o grupo, seguro do domínio que exerce sobre sua irmãzinha.)

O MARINHEIROZINHO
Vamos ver!
(É cômico vê-lo sair da ampla boca de sino de suas calças, suas finas perninhas, seus pés pequeninos calçados com sapatinhos decorados.)
Vamos ver!

O IRMÃOZINHO
Ver? Ele não sabe nossa brincadeira. Quer?
(Agora é doce com sua irmãzinha, contrário à sua tática habitual, porque deseja, com veemência, mostrar ao menino marinheirozinho suas múltiplas e brilhantes habilidades teatrais.)
Vamos brincar? Sim?

A IRMÃZINHA
É... bem...

O IRMÃOZINHO
Pronto. Pegue. Sente-se aí. Bem. Começamos brincando pela manhã? Bem. Agora é de manhã bem cedo, e eu sou o pai e você é a mãe. Bem, vá para lá e comece.

(Ele se deita, estendido, no chão, fecha os olhos e finge dormir.)

A IRMÃZINHA
(Havia se afastado, agora volta, aproximando-se do irmãozinho com o braço direito estendido e a mão côncava e acomodada, como se estivesse sustentando algo nela. De fato: traz o mate. Senta-se, humilde e resignada, ao lado do "marido".)
Marco... São seis horas... Toma o primeiro mate... Marco... São seis horas...

O IRMÃOZINHO
Oh, deixe-me!
(Muda de posição e continua dormindo.)

A IRMÃZINHA
Marco... São sete horas... Marco... levante-se...

O IRMÃOZINHO
Eh?...
(Dá um salto, senta-se ao lado dela, de sua esposa, pega o invisível mate com uma mão e com a outra esfrega os olhos. Sorve o mate. Permanecem, ambos, um bom tempo em silêncio. Depois, ele devolve o mate e se espreguiça.)

A IRMÃZINHA
Vista-se, Marco, que já está tarde...
(Ela pega o mate, vai e vem, devagar, resignada, humilde.)
Marco... está tarde...

O IRMÃOZINHO
Enfim!...
(Levanta-se, rapidamente, sem parar um minuto, com grotesca pressa, finge se lavar, calçar as meias, vestir a camisa, o colarinho, as calças...)

A IRMÃZINHA
Troque as meias, que essas estão sujas. Tome estas.

O IRMÃOZINHO
Amanhã.

A IRMÃZINHA
O colarinho tem uma semana...

O IRMÃOZINHO
Amanhã!
(Por fim, termina sua caricaturesca pressa. Finge devolver o mate.)
Não quero mais. Bem, até logo. Tchau, crianças!...
(Sai correndo, com o chapéu na mão. A uns quatro metros se detém. Agora volta. Concluiu sua primeira cena.)

SEGUNDA CENA
O MARINHEIROZINHO
(Não está satisfeito, é incrédulo, não se engana assim, sem mais nem menos. Quer mostrar sua desconformidade, quer dizer seu juízo adverso, então, expõe, ao seu modo, uma série de objeções bastante sérias e fundamentais.)
E não lê os diários? E não toma café da manhã? E o pai não beija a mãe? E as crianças... vai sem beijar as crianças?...

O IRMÃOZINHO
Mas, claro! Se o pai está com muita pressa porque tem que ir ao escritório, e tem que chegar na hora certa, porque senão... porque senão!...

O MARINHEIROZINHO
(Não se destruíram seus argumentos, seus objetivos permanecem em pé, eretos e sólidos.)

Eu não gosto. Está tudo errado. Tudo está inventado errado. Não é assim...

O IRMÃOZINHO
(Ferido na sua vaidade de cômico realista, fiel, sincero, queria fazer o menino bem vestido compreender que ele havia se ajustado fielmente à verdade verdadeira, mas como nunca havia estado — ainda — em nenhuma Universidade, não encontra argumentos efetivos para jogar na cara do descrente amiguinho. Além disso, está um pouco desconcertado com o efeito negativo de uma cena que acreditava de feliz realização. No entanto, pensa que a interpretação de outras cenas acabará por reduzir ao assombro o seu incrédulo e cético amigo ocasional. Constrói em novas cenas um eminente triunfo e, talvez por isso, despreze a discussão...)
Errado? Agora vamos ver! Vamos brincar de dia do pagamento?

TERCEIRA CENA
A IRMÃZINHA
(Está, humilde e resignada, na porta. Chega o "marido".)
Recebeu?

O IRMÃOZINHO
Sim...
(Entram ambos.)

O MARINHEIROZINHO
Mas... Se o pai chega da rua... Mas... Não se cumprimentam?... Estão irritados?...

O IRMÃOZINHO
Não interrompa a brincadeira com tantas perguntas tolas! Quer dizer que quando alguém não cumprimenta é porque está irritado? Você não sabe nada! Outra vez!

(Afasta-se alguns metros e realiza outra vez o começo desta cena.)

A IRMÃZINHA
Recebeu?

O IRMÃOZINHO
Sim... (Entram.)
Sim, recebi...
(Sentam-se, marido e mulher.)
A canaleta... a água entra, enche... e se vai...

O MARINHEIROZINHO
A canaleta?... O que quer dizer?

O IRMÃOZINHO
Não sei. Papai sempre diz isso quando vem para casa no dia do pagamento. Não interrompa! Vamos continuar. Anote.
(Ela, efetivamente, finge anotar em um papel, como na realidade de todos os dias.)
Anote: aluguel, setenta. Dê-me a caderneta do armazém. Vamos ver. Traga-me, também, a caderneta do açougueiro. Dê-me todas as cadernetas. Bem, vá anotando... Aluguel, sessenta.
(Observe-se que, apenas um segundo antes, era setenta.)
Armazém, quarenta e cinco; verdureiro, quarenta e oito; mercearia, noventa e nove; iodeto, vinte e cinco...
(Um momento: indubitavelmente, nesta passagem, teria razões de sobra, e demolidoras, o menino espectador, tão dotado de espírito crítico, em provocar o ator para que abandonasse essas fantásticas cifras e entrasse na modesta e exata realidade numérica, sem exagerar, escandalosamente, a conta da loja, nem subestimar a do armazém. O pouco experiente ator continua, em seguida, com indiscutíveis tergiversações da realidade matemática, numérica, mas somará de um modo

péssimo e, o crítico pouco atento continua sem perceber estas horrorosas e monumentais falhas de finanças domésticas.)

Continue, continue... É a história que nunca acaba. Crédito San Telmo, vinte; Crédito Daniels, vinte; Alfaiate, vinte... Que coisa bárbara!... Anotou tudo? Dê-me, eu somo. Quatro, dez, oito, vinte, treze, quatro... são seiscentos e quarenta pesos. Mas, se recebi duzentos e quinze pesos com os malditos descontos... Como, demônios, vou pagar seiscentos e oitenta!... Que coisa bárbara!...

A IRMÃZINHA
Não fique assim, Marco...

O IRMÃOZINHO
Como não vou reclamar se trabalho como um animal, de manhã até a noite... deixando minha alma no escritório... tendo que aguentar esses chefes imundos... e, resumindo, para quê?... Para quê?... Para que uma pessoa trabalha se o salário não dá, sequer, para comer?... Nem sequer para comer! Que coisa bárbara!...

(Agora a representação havia chegado a um momento álgido, patético, dramático. O pequeno ator sente e compreende a importância do momento, e conhece os detalhes que compõem a cena, mas não pode governar de modo inteligente, frio, sereno, sua intenção pessoal, nem sequer pode administrar as frases. Sabe, sente, que é o instante principal da comédia, mas, como nunca analisou isso, ignora que, precisamente, a dor desta cena está no silêncio da esposa e no desespero interior do marido, desespero que se traduz, apenas, com blasfêmias atropeladas. O minúsculo ator crê que seu dever é dar realce à cena e, então, em um abandono e esquecimento do silêncio e dos pensamentos férteis de vida interior, apressa-se em acumular dispersos gestos e blasfêmias, isto é, o mais exterior, simplista e primário da realidade.)

Que coisa bárbara!... Puta que pariu, caralho!...

QUARTA CENA
O MARINHEIROZINHO
Quá!... Quá!... Quá!...

A IRMÃZINHA
Não brinco mais...
(Já se sabe: por causa dos palavrões.)

O IRMÃOZINHO
Mas tem que brincar de verdade!

A IRMÃZINHA
Não... Não brinco mais...

O MARINHEIROZINHO
Quá!... Quá!... Quá!...

A IRMÃZINHA
Não brinco, não brinco e não brinco!...

O IRMÃOZINHO
(Para ele já é um triunfo arrancar do seu difícil amiguinho, primeiro, atenção, e depois risadas. Ainda que esperasse, precisamente, — em vez de risadas — temor, pavor, medo, algo assim. Queria, então, continuar sua triunfal representação e, para isso, sacrifica sua estética teatral, seus princípios estéticos, transigindo com a irmãzinha que não quer palavrões.)
Tudo bem, vamos continuar, não digo mais essas palavras. Vamos continuar.
(Caminha nervosamente.)
Nunca dá, caralho!...

O MARINHEIROZINHO
Quá!... Quá!... Quá!...

(Ri por essa palavra. Sabe que é um palavrão; em contrapartida, a irmãzinha não faz questão, porque ignora o conteúdo do vocábulo.)

O IRMÃOZINHO
Que barbaridade! Nunca dá!... Sou marxista, sim, sou anarquista. Sim, têm razão os anarquistas e os ladrões. O mundo está todo errado. Todos os demais são cornos. A pessoa se mata para morrer de fome, e se mata para que aproveitem os filhos do patrão, que gastam o dinheiro em Paris com putas bajuladoras...

O MARINHEIROZINHO
Quá!... Quá!... Quá!...
(Ri com gestos livres.)

A IRMÃZINHA
Não brinco mais! Vou embora!

O IRMÃOZINHO
Escapou. Foi sem querer. Venha, vamos continuar... Não falo mais. Bem, você, o que necessita?

A IRMÃZINHA
(Continua a farsa, apesar do palavrão, porque agora vem o prêmio. Agora vem uma passagem quase exclusivamente a cargo dela. É uma passagem onde o instinto da vaidade e minúcia, latente em toda mulher, tem oportunidade extensa e pitoresca de satisfazer-se.)
Eu não preciso de nada... No vestido de organdi... faltam... dez laços em seda azul... Além disso, o macacão de *charmeusse* lavável precisa de uns pompons... Eu vi uns pompons lindos na vitrine do Cabezas... porém, posso fazê-los eu mesma... isto é: vou fazê-los eu mesma. Também umas luvas... longas até acima do cotovelo... como as da professora de piano do 6...

(Continuava a menina delirando fantasticamente, em um jargão que o autor ignora. Quando termina este ataque epilético de vaidade, a menina volta a embeber-se de humildade.)

Mas, não, eu posso passar este mês sem nada. Eu não preciso de nada! As crianças... A menina tem sapatos que já não servem... Arrumei os que tem agora, mas os dois que tem agora são diferentes, são de dois pares...

O IRMÃOZINHO
Bom, compre sapatos para a menina. Troque de açougueiro. Não o pague e pronto. Se pagarmos a todos vamos ficar, nós, mais famintos e sem roupas do que já estamos. Compre, sem mais, os sapatos para a menina. E você?

A IRMÃZINHA
Não, nada... nada... Eu não preciso de nada...

O IRMÃOZINHO
Como nada, se está anêmica, magra como um palito de dente? Continue tomando iodeto.

A IRMÃZINHA
Não, não, nada... É muito caro...

O IRMÃOZINHO
Mas não combinamos que tomaria iodeto um mês sim e outro não? O mês passado não tomou... Olhe: vamos resolver isso. Vale sete pesos o frasco... e tem que tomar quase um frasco por dia... Mas isto sai, ao mês, mais caro que o meu salário!... Que coisa bárbara!...

A IRMÃZINHA
Vamos deixar isso, Marco. Mês que vem resolvemos...

O IRMÃOZINHO
(Agora sim, este ator faz e diz algo imaginado, fantástico, idealizado, pensado, inventado. Talvez seja um final falso e convencional... Talvez seja real... Aos sete anos de idade, a imaginação não costuma proporcionar tão dramático e efetivo final de ato. O menino agarra a cabeça. A cabeça do menino cai no côncavo de suas mãozinhas e, a ponto de chorar, diz uma frase...)
Nós, pobres, não podemos ficar doentes...

QUINTA CENA
O MARINHEIROZINHO
Não sabem brincar. No dia em que o pai recebe, todos devem estar felizes, porque ele traz presentes. Por que não traz presentes? E vocês dizem muitas mentiras. Depois, os sapatos são comprados quando estão estragados, e mesmo estragados, mesmo se tiverem outros pares, e o dinheiro não der para tudo, e depois as contas não são feitas entre o pai e a mãe...

O IRMÃOZINHO
Como não?

O MARINHEIROZINHO
E se não pagam o açougueiro, são uns vigaristas. Está tudo errado. O pai recebe e traz presentes para todos, e se compram as coisas quando faltam... E não se irritam quando recebem...

O IRMÃOZINHO
Onde você viu tudo isso?

O MARINHEIROZINHO
(Com naturalidade.)
Na minha casa.

O IRMÃOZINHO
Mentira, mentira!
(Silogismo infantil: na minha casa tem isso, você tem uma casa; na sua casa tem isso...)

O MARINHEIROZINHO
Mentira, você! Onde você viu que o pai se irrita, precisamente, no dia em que recebe?

O IRMÃOZINHO
(Com inflada suficiência, com triunfal atitude, até com antecipada satisfação, dizendo as palavras como quem apresenta o documento definitivo.)
Na minha casa!

A IRMÃZINHA
(Desinteressada, já, da discussão sobre estética teatral entabulada entre os meninos, a menina senta-se ali perto, e com seus dedinhos começa a arrumar um sapatinho. Enquanto brincavam, o delicado pé escapava continuamente do calçado, por ter rompido o fio que prendia os lábios de um rasgo costurado e recosturado. Acabada a discussão, o marinheirozinho vai embora...)

O MARINHEIROZINHO
Tem os sapatos diferentes!
(Entra no 9, onde está de visita sua mãe. Os irmãozinhos entram no 8. O longo corredor agora está silencioso, como um caminho sem viajantes em um crepúsculo outonal...)

© Copyright desta tradução: Editora Martin Claret Ltda., 2020.

direção MARTIN CLARET
produção editorial CAROLINA MARANI LIMA
    MAYARA ZUCHELI
direção de arte JOSÉ DUARTE T. DE CASTRO
capa DIEGO CARNEIRO / FULLEST
diagramação GIOVANA QUADROTTI
revisão YARA CAMILLO / MAYARA ZUCHELI
impressão e acabamento GRÁFICA SANTA MARTA

Este livro segue o novo Acordo Ortográfico da Língua Portuguesa.

Dados Internacionais de Catalogação na Publicação (CIP)
(Câmara Brasileira do Livro, SP, Brasil)

Mariani, Roberto.
  Contos do escritório / Roberto Mariani; tradução: Renata Moreno. — 1. ed. — São Paulo: Martin Claret, 2021.

  Título original: Cuentos de la oficina.
  ISBN 978-65-5910-012-5

  1. Literatura argentina   I. Título

20-51687   CDD-Ar863

Índices para catálogo sistemático:
  1. Contos: Literatura argentina   Ar863
Aline Graziele Benitez – Bibliotecária – CRB-1/3129

EDITORA MARTIN CLARET LTDA.
Rua Alegrete, 62 – Bairro Sumaré – CEP: 01254-010 – São Paulo - SP
Tel.: (11) 3672-8144 – www.martinclaret.com.br
Impresso em 2021

CONTINUE COM A GENTE!

- Editora Martin Claret
- editoramartinclaret
- @EdMartinClaret
- www.martinclaret.com.br

IMPRESSO EM PAPEL
Pólen®
mais prazer em ler